少年读三国

张飞

周国光 编著

全国百佳图书出版单位
吉林出版集团股份有限公司

图书在版编目（CIP）数据

少年读三国. 张飞 / 周国光编著. –– 长春：吉林
出版集团股份有限公司, 2019.4
ISBN 978-7-5581-6398-2

Ⅰ.①少… Ⅱ.①周… Ⅲ.①历史故事—作品集—中
国—当代 Ⅳ.①I247.81

中国版本图书馆CIP数据核字(2018)第299789号

SHAONIAN DU SANGUO　ZHANGFEI

少年读三国·张飞

编　　著：周国光
责任编辑：欧阳鹏
技术编辑：王会莲
封面设计：汉字风
开　　本：710mm×1000mm　　1/16
字　　数：115千字
印　　张：9.5
版　　次：2019年4月第1版
印　　次：2019年4月第1次印刷

出　　版：吉林出版集团股份有限公司
发　　行：吉林出版集团外语教育有限公司
地　　址：长春市福祉大路与生态大街交汇龙腾国际大厦B座7层
电　　话：总编办：0431-81629929
　　　　　发行部：0431-81629927　0431-81629921（Fax）
网　　址：www.360hours.com
印　　刷：北京富达印务有限公司

ISBN 978-7-5581-6398-2　　　　定　　价：28.50元

少必读《三国》

少不读《水浒》——血气方刚，戒之在斗。

老不读《三国》——饱经世故，老奸巨猾。

喔，那么少年时期该读什么？

少必读《三国》！

少必读《三国》，能获得深沉的历史感。透过历史，我们可以窥见王朝的兴衰更迭，征讨血战；可以知晓历史事件的波诡云谲，风云际会；可以仰慕历史人物的音容笑貌、风采神韵。历史，让我们和古人"握手"，给我们变幻莫测的人生以种种启迪。在历史的长河里，我们能判断现在的位置，明白我们发展的方向。有历史感的人，在行事上常常会胜人一筹，因为古人已为他们提供了足够的经验。

少必读《三国》，能学习古人的处世方式。现在，我们正值青春年少，活动的范围早已不仅仅局限在家庭和学校中，一个更广阔的社会出现在我们面前。从此，在社会中，我们将独立面对形形色色的人和事。从《三国》中，我们可以习得古人的处世之术。例如刘备，论文韬武略皆不如曹操、孙权，但他却善于知人、察人、用人，他对关、张用桃园结义之法，对孔明则三顾茅庐，对投奔他的赵云和归顺的黄忠大加重用……也正是"五虎上将"的拥戴，才使他称雄一方成了可能。试想，他若摆出主公的骄横霸道，还会受到部下的衷心拥护吗？

少必读《三国》，可以研习古人的谋略。"凡事谋在先"，在《三国》中，大到对天下大事的分析，小到对一场战事的周密安排，无不反映出一千八百多年前古人的智慧。在赤壁之战中，没有周瑜的频施妙计，就不会有火烧曹军的辉煌战果；诸葛亮指挥的战役常能"决胜千里之外"，实际上也是他"运筹帷幄之中"的结果。《三国》中的谋略博大精深，我们可以从中获得智力启迪。善于运用这些谋略，对不同的人和事采取不同的方法，我们一定能化解许多人生困境。

少必读《三国》，最重要的是能培养精神气质。在这些气质中，有经国济世的豪情，有临危不乱的镇定，有安贫乐道的操守，当然还有风流倜傥的潇洒。想想孙权，他刚掌权时只有十八岁，面对父兄创下的基业，他善用旧臣，巩固了政权；面对曹兵压境的危势，他果敢决策，击退了强敌。再联想现在的我们，是不是常有些心智稚弱、做事莽撞，缺乏从容的气度呢？阅读《三国》，可以让我们成为光明磊落的君子，而不是心怀叵测的小人。一部三国征战史也就是一部人才的斗智史，在《三国》中，有各种各样的人，有的貌似强大却"羊质而虎皮"，有的貌不惊人却有济世之才，有的内含机谋却不动声色，有的胸无点墨却自作聪明……对照他们，反观自己，可以判断自己有哪些特质，可以知道怎样来充实自己……

所以，我们在少年时期一定要读一读《三国》。但是，应当怎样读呢？《三国》虽然在当时被认为"言不甚深，语不甚俗"，但我们现在来读已经颇为吃力了。再加上《三国》中人物众多，关系复杂，我们常会看得一头雾水。遍寻大小书店，各种版本的《三国》虽然不计其数，但真正适合少年阅读的《三国》却难以觅得了。因此，这套《少年读三国》就是专门写给青春年少的你，我们希望你能从中获得新鲜的阅读经验。

在《少年读三国》中，我们以新的编辑角度切入。《三国演义》中的人物成百上千，这套书仅选取了刘备、关羽、张飞、诸葛亮、曹操、司马懿、孙权、周瑜八人，不仅是因为这八人在历史中"戏份"较多，而且还在于他们性格迥异，形象丰满。我们企望以人物为主线来勾勒三国的历史全貌，让读者对人物的丰功伟业也能有更全面的了解。在编辑时，我们注重设置"历史场景"，回溯时光，把人物重新推回历史舞台之中，推到事件的紧要关头前，来看看他们是怎样周详安排、从容调度、化解危机的。或许你玩过"角色扮演"的电玩游戏，那么我们希望你在阅读这套书时，把自己想象成书中的主人公，想想自己在彼时彼景中，会怎样处理这一切事情。亦读亦思，从更深的层次来体验古人的精神生命，是我们编辑的用心。

在编排人物故事时，我们力避重复。但是，一个重大的历史事件常常会同时涉及这八个人物，为了交代事件的前因后果，不得已会重复某些片段。从另一个方面讲，分别以不同人物的眼光来看待同一个历史事件，是非功过皆在其中，也是别有一番趣味的。

在人物故事内容上，我们以《三国演义》为蓝本，还采信了《三国志》中的诸种说法，在文学与历史间做了微妙的平衡，既使人物故事起伏跌宕，又力求历史事件完整真实。

少必读《三国》，在《少年读三国》里，我们将有一次愉悦的纸上"电玩游戏"，一次深沉的历史"时光之旅"……

人物简介——张飞

张飞是深受民众喜爱的三国英雄之一，他一生辅佐刘备，冲锋陷阵、势不可当，直到刘备伐吴这一年被害，才结束了他英雄传奇的一生。

《三国演义》中的张飞不是主要人物，着墨不多，但几次出场却给人留下深刻的印象：

在督邮百般刁难时，他怒鞭督邮；当阳桥上一声怒吼，吓退曹操百万大军；夜战马超，三败张郃，矛刺许褚：表现的都是张飞的性如烈火、锐不可当。但是，在三国人物中，像张飞这样的勇猛之将并不少见，为什么独独张飞给人印象极深呢？这或许还与张飞的性格有关。张飞是个疾恶如仇、直来直去、敢说敢做的好汉。在桃园结义的三兄弟中，他不像刘备那样雄才大略、城府很深，也不像关羽那样正气凛然、锋芒内敛，张飞是一个性格单纯、率真可爱之人，眼里容不得半粒沙子，并且带有几分孩子气。他对见利忘义、反复无常的吕布非常恼恨，直呼其为"三姓奴"，全然不管刘备已与吕布兄弟相称；在三顾茅庐时，他对诸葛亮的傲慢极其不满，气得要火烧茅庐。在关羽被害之后，他也不顾蜀国的战略安排，要求立即起兵伐吴，践行桃园之约。可见，张飞的忠义观并不是以一个小集体内部的利益为限，而是从做人的本性出发来断定好人与坏人。所以，在他们兄弟三人落魄投靠曹操时，张飞也从不说曹操半个好字；在听说关羽"投降"曹操的传闻时，他也怒不可遏。张飞的判断有时虽稍显简单，却和普通大众的价值观相吻合，这也是张飞深受民众喜爱的原因之一。当然，张飞的嗜酒与狂暴，也给自己招来了杀身之祸，给本军带来了徐州之失。

《三国演义》中还着力表现了张飞足智多谋的一面，如智擒刘岱、计取严颜、在当阳桥边布疑兵之阵等。但是，张飞的智谋同其他谋士有很大的不同，甚至也显得很憨直。比如，他一般是谋事不谋人，总是以攻克城池、擒获敌将为目的，没有借刀杀人、反间克敌的毒计。他的计谋也就是一般阵前谩骂的"激将法"和鞭打士兵的"苦肉计"，没有太多新鲜之处，因此也常被敌军将领识破，这更突出了张飞心无机谋的一面。

关羽的威严正气常给人一种"可望而不可即"的感觉，所以老百姓尊称他为"圣人"。然而，张飞的率直单纯却让人觉得很亲切，因此民间关于张飞判案的种种喜剧传说，其实是老百姓对张飞的一种怀念。

主要人物表

张飞

字翼德（正史中记载他的字为益德），刘备的义弟，蜀汉名将，骁勇善战，为人耿直。

? ~ 221
出生地：涿郡
职　位：征虏将军→巴西太守→右将军→车骑将军
所　属：蜀

刘备

字玄德，蜀国君王，人称刘皇叔。少有大志，长而有为，最终建立蜀国，后因伐吴失败，死于白帝城。

161 ~ 223
出生地：涿郡涿县
职　位：平原令→豫州牧→益州牧→汉中王
所　属：蜀

关羽

字云长，蜀汉名将，武艺高强，义薄云天，为后世所景仰。

? ~ 220
出生地：河东郡解县
职　位：别部司马→襄阳太守→前将军
所　属：蜀

马超

字孟起，蜀国大将，曾在关西反曹，在战斗中逼得曹操割须弃袍。

176 ~ 222
出生地：扶风郡茂陵
职　位：平西将军→左将军→骠骑将军
所　属：张鲁→蜀

吕布

字奉先，幼时曾拜荆州刺史丁原为义父，后又拜董卓为义父，张飞称之为「三姓奴」，后被曹操所杀。

? ~ 199
出生地：五原郡九原县
职　位：兖州牧→徐州牧→左将军
所　属：丁原→董卓→袁绍

张郃

字儁乂，曹操手下的大将，曾三次被张飞大败。

? ~ 231
出生地：河间郡鄚县
职　位：平秋将军→都乡侯→征西车骑将军
所　属：袁绍→魏

严颜

西川巴郡太守，曾与张飞激战，后在张飞的感召下，归顺蜀国。

? ~ ?
出生地：?
职　位：巴郡太守
所　属：刘璋→蜀

庞统

字士元，刘备谋臣，号称「凤雏」，足智多谋，为刘备夺取益州立下大功。

179 ~ 214
出生地：襄阳郡
职　位：耒阳县令→军师中郎将
所　属：蜀

刘岱

字公山，兖州刺史，后归顺曹操，被张飞生擒。

? ~ 192
出生地：东莱郡牟平县
职　位：兖州刺史
所　属：魏

131　127　121　111　102　090　081　074

风云三国进阶攻略

天下太平空成梦，二哥之仇俟来生

矛刺许褚，威震敌胆

屡施妙计，有勇有谋

英雄相惜，不打不相识

收降严颜，勇张飞亦晓智谋

举荐大贤，立大功一件

威势逼人，吓退百万曹军

目 录

067　相见恨晚，敬服真英杰

058　劫后重逢，兄弟情更深

052　暂栖芒砀山，以待时机

043　运用计谋，活捉刘岱

036　醉酒误事，悔恨失涂州

026　欲杀吕布，最恨无信义之人

018　勇猛刚劲，武艺高强

007　疾恶如仇，打尽天下作威作福之人

001　豪情壮志，大丈夫须建功立业

豪情壮志，大丈夫须建功立业

東汉中平元年（公元 184 年）春，一道招募义兵的榜文下到涿县（今河北涿州）。这道榜文一张贴，便引出当地一位英雄来。

这位英雄是谁？此人姓张名飞，字翼德，世代居住在涿郡。张飞身高八尺，虎背熊腰，豹头环眼，满脸胡须；说话呼喝，声如巨雷，势若奔马。涿郡乃古代燕、赵之地，多的是慷慨悲壮之士，骁勇善战之人。张飞自幼习武，练得一身好武艺，拳脚棍棒，刀枪剑戟，远射近击，马战步战，无不精通；两手能举千斤之物，身有万夫不当之勇。张飞为人慷慨仗义，豪爽大方；性格刚强暴烈，疾恶如仇；恨的是不仁不义之人，爱的是天下的英雄好汉。张飞的家产比较丰裕，在乡下拥有庄园田地，在涿郡城中又开有酒店肉铺，一方面经营生意，另一方面可借此来结交天下英雄好汉。张飞早就立下雄心壮志，要干一番大事：一来可以为国家效力；二来也可以建功立业，名垂青史（好的名声和事迹载入史籍永远流传）。只是多年来一直没有遇到志同道合的人，再

者也没有碰到适当的机会，因此一直默默无闻地居住在涿郡。

招募义兵的榜文在涿郡一张贴，张飞便得知了消息，他心想："机会终于来到了！"他急忙换好衣服，大步赶到涿郡府前，只见榜文前已经有很多人在观看。张飞粗略一看榜文，便知大意。榜文上说，只因黄巾军造反，各地郡县情况危急，特张榜招募义兵，为国家效力。观看榜文的人，有的忧心忡忡，有的跃跃欲试，有的暗自思量，有的摇头叹气。张飞看完榜文，心中正在暗自盘算，忽然听到一声长叹："唉！"听这叹息声，好像饱含着忧国忧民的愁思，又好像饱含着壮志难酬的遗憾。张飞往叹息声发出的地方看去，只见一个人一边叹息，一边离开人群。此人身高约八尺，面如冠玉，两眼有神，相貌清秀，气度大方，行走之间，很有一番气派。张飞看着这人，心想："这人长相不俗，气度也与众不同，不知他为何看了榜文如此叹息。看样子这个人也是胸怀大志，只怕有什么难处吧？"眼看那人走出人群，向前走去，张飞随后紧跟几步，大声说道："大丈夫何不为国出力，却在这里唉声叹气？"那人急忙回头，一见张飞，不由得暗暗喝彩："好一个壮士！"急忙施礼，说："请问壮士尊姓大名？"张飞赶忙还礼，说："我姓张，名飞，字翼德，世代居住在涿郡。刚才看兄长观看榜文后长长叹息，不知为何？"那人听张飞一问，脸上顿时露出忧虑的神色，长叹一声，说："我姓刘，名备，字玄德。我本是汉室宗亲，中山靖王刘胜的后代，汉景帝的玄孙。现在天下大乱，百姓生活困苦。我早有心扫荡中原，平定天下，扶助社稷（古代君主都祭社稷，后来用社稷代表国家）。现在机会来了，只可惜我的力量还不够。胸怀大志而无力实现，叫我怎么不感慨叹息呢！？"

张飞一听刘备是汉室宗亲，不由得又惊又喜。刘备既是帝王之后，如以刘备为首来举事，天下的英雄豪杰一定会彼此响应，纷纷归服，这样就能成就大事。张飞想到这里，决心已定，于是对刘备说："兄长的心愿，和我的想法一模一样。我乡下有庄田，城中有店铺，家产资财可以作为举事的费用；我家中还有不少壮丁（旧时指青壮年的男子）伙计，四周乡里也还有不少好汉壮士，这样，我们可以建立自己的队伍。我们在一起共举大事，怎么样？"刘备一听大喜，连说："好！好！"两人手挽着手，一同到一家酒店去饮酒。

　　刘备、张飞正在饮酒，只听得店外脚步响，走进一个人来，刚刚坐下就喊道："快拿酒饭来，我吃了还要赶去报名参军，迟了就赶不上了。"刘备、张飞一看，此人身长约九尺有余，一副美髯，枣红脸膛儿，丹凤眼，卧蚕眉，相貌堂堂，威风凛凛。刘备、张飞一见这人，便有结交之心。刘备上前邀请说："请壮士和我们坐在一桌饮酒如何？"那人欣然答应。刘备说："请问壮士大名？"那人说："我姓关，名羽，字云长，是河东解县（今山西临猗西南）人。只因当地一个豪强恶霸仗势欺人，我打抱不平，就把他杀了。以后我就在江湖上流落逃难，已经五六年了。如今听说州郡招募义兵，我想前去应召入伍，日后在军中建功立业，实现我的志愿！"刘备、张飞一听，关羽的志向正和自己相同，就把自己的志向也告诉了关羽。三人越谈越投机，越谈越亲热。真是英雄爱英雄，好汉惜好汉。三人虽是初次见面，却好像分别多年的亲兄弟一样，都觉得自己遇到了知心朋友。

　　张飞对刘备、关羽说道："二位兄长，此处人多嘴杂，不便深谈，请到小弟庄上再谈，如何？"刘备、关羽都欣然同意。于是三人一同来到张飞庄上，摆上酒席，三人在一起共同讨论天下大事。刘备不仅年龄比关羽、张飞大，见识也比他们广。关羽、张飞十分敬佩，心想："我们如果能有这样一位见识高明、宽厚仁慈的大哥，那该多好！"刘备见关羽、张飞两人相貌堂堂，威

风凛凛，心中也想："我如果能有这样两位英勇无敌、肝胆相照的兄弟，三人共同举事，日后必定成就一番事业！"此时，三人都有结拜为兄弟之意。到底是张飞心直口快，说道："二位兄长，咱们三人结为生死之交，好不好？"刘备、关羽一听，拍手叫好。张飞非常高兴，说："我庄后有一座桃园，现在正是春天，桃花盛开，明天我们就在那里结拜，怎么样？"刘备、关羽都欣然答应。

第二天，天气晴朗，春风和煦。刘备、关羽、张飞来到桃园，摆下香案（放置香炉的长条桌子），宰杀乌牛白马，祭了天地。三人焚香再拜，并发誓："刘备、关羽、张飞虽然姓氏不同，但志愿相同。今日结为兄弟，同心协力，救困扶危，上报国家，下安百姓。不求同年同月同日生，只愿同年同月同日死。天地在上，可察此心。背义忘恩，天理不容！"发誓完毕，关羽、张飞

共同拜刘备为大哥，张飞拜关羽为二哥。张飞因年纪最小，所以为三弟。刘备深情地看着关羽、张飞，亲切地叫道："二弟、三弟！"关羽、张飞也深情地喊道："大哥！"三个人的手情不自禁地紧握在一起。三人心意相通，这一握，胜过了千言万语。今后哪怕是刀山火海、千难万险，再也不能把他们分开了。

刘备、关羽、张飞桃园结义，共举大事，乡里的英雄好汉听到这个消息，纷纷前来相聚。一时间好汉云集，群英会聚。不过要建立一支军队，需要的费用也不少。张飞拿出家中钱财，打造兵器，购置盔甲，置办得妥妥当当。又得到中山大商张世平、苏双的资助，得到良马五十匹、金银五百两、镔铁一千斤。刘备请工匠打造了一对双股剑，关羽打造了一把八十二斤重的青龙偃月刀，张飞打造了一把长一丈八尺的蛇矛。这蛇矛，矛

头可刺，矛身可砍可钩，既可伤敌，也可钩挂对方兵器，确实是一件好武器！

连日来，刘备、关羽、张飞一直在紧张、忙碌地准备，既要购置有关的器物，又要训练军队。刘备见花费太多，心中有些过意不去。这一天，刘备对张飞说："三弟，操办（操持办理）这支义军，用去了贤弟大部分家产，兄长心中常常为此不安。万一举事不成，贤弟家产又已用尽，那该如何是好？"张飞一听，哈哈大笑，说："大哥，钱财乃身外之物，生不带来，死不带去。此时举大事，正好用上，现在不用，什么时候用？再说钱财用尽，也是好事，少了许多牵挂，日后便可勇往直前，这也是'置之死地而后生（原指作战把军队布置在无法退却、只有战死的境地，兵士就会奋勇前进，杀敌取胜。后比喻事先断绝退路，就能下决心，取得成功）'啊！"刘备听张飞这样说，十分感动，说："三弟以大事为重，真是大丈夫的气概！"

又过了几日，一切准备妥当。刘备、关羽、张飞带领五百人马，往州郡进发。张飞的前面是大哥刘备，右边是二哥关羽，身后是五百多名热血男儿。张飞回头眺望，远处的家园已变得有些模糊，那里有他童年玩耍的田野树林，有他少年习练武艺的练武场，有他青年打猎的山野，还有与刘备、关羽义结生死的桃园。一时间，张飞心中不由得涌起一股对家乡的惜别之情。向前望去，道路漫漫，尘土飞扬，征途上不知有多少险关坚城、恶仗血战在等着他。但大丈夫要建功立业、报效国家，哪能贪图安乐、依恋家园呢？想到这里，张飞胸中生出一股豪情壮志。他扬鞭策马，跟随大哥刘备向前奔去。

疾恶如仇，打尽天下作威作福之人
· · · ·

　　夏去秋来，秋去冬尽，柳枝又绿，桃花又开，又一个春天来到了。

　　在定州中山府安喜县（今河北定州东南）县衙的一所房屋里，刘备、关羽、张飞三人正在谈论事情。刘备面有忧色，关羽闷闷不乐，张飞呢？则气呼呼的，在屋里走来走去。他们三人为什么不高兴？张飞为什么生这么大的气呢？

　　去年，也是在这样一个桃花盛开的季节，刘、关、张三人桃园结义，共举大事。一年来，兄弟三人南征北战，出生入死，立下很多战功。由于他们三人没有什么官职，也没有什么人推荐，再加上朝廷里宦官专权，排斥不是亲信的人，结果只授给刘备一个芝麻大的官——定州中山府安喜县县尉，关羽、张飞则什么官职也没有。县尉这官，说好听点，是掌管一个县的军事事务，其实也就是抓抓小偷、管管治安罢了。

接到朝廷的任命通知，刘备、关羽都觉得大出意料，张飞更是火冒三丈。他气愤地说："咱们兄弟三人水里来，火里去，过刀山，闯箭雨，立下这么多功劳，却只给了大哥这么一个小官。那孙坚的战功也不比我们多，倒给他授了个司马。再说那董卓，老是打败仗，还是照旧做他的官。朝廷这么不公平，咱们不给它卖命了！"刘备心里本来也很不平，但为了以后打算，还是说服了张飞，一同到安喜赴任去了。

虽说县尉是个小官，但刘备自到任后还是兢兢业业，尽职尽责。他很清楚，如果没有关羽、张飞这两个义弟相助，立下这么多战功，朝廷连这个小官也不会给他，所以刘备不敢有丝毫懈怠。同时，刘备和关羽、张飞的感情也更加深厚，三人一张桌子吃饭，一间屋内睡觉。如果没有什么事，三人总在一起。关羽和张飞对大哥刘备也很尊敬，在公共场合里，刘备就座，关羽、张飞就站在背后侍候，哪怕是站上一天，二人也不说一个累字。谁要是对刘备有一点不尊重，那真比打他们两个的脸还难过。

不知不觉，三人来到安喜县三个多月了。这一天，安喜县忽然接到朝廷的一道诏书。诏书上说，凡由于战功而被任命官职的人，都要被重新检查一遍；凡是冒领功名的，都要被淘汰掉，免去官职。根据诏书上的意思，刘备是由于战功而得到官职的，属于应当被检查的范围，弄不好就要遭到免职。你想，拼死拼活才得了个芝麻大的官，上任还不到四个月，如果被免掉，这叫他们如何不气？

张飞在屋里走了几个来回，越想越气，忍不住大声说道："大哥、二哥，这是什么世道！有功的当小官，无功的反倒做大官；好好干的要罢官，坑害百姓的反倒要升官！这还讲一点道理吗？"关羽也气愤地说："朝廷这样昏庸，怎能不让天下英雄寒心？这样不分青红皂白，国家怎么能安定？"刘备叹气说："宦官当权，奸臣当道，我们空有一腔热血，一身本领，也难以施展，报效国家。我们的志愿，什么时候才能实现啊！"张飞恨恨地说："这些奸臣宦官要是给我碰上了，非打他个半死不行！"

三人正在愤愤不平，忽然县衙中的差役来报，说是州郡的督邮大人要来安喜县视察，并处理有关事情，要刘备赶快准备迎接。刘备一听，急忙和关羽、张飞准备了一下，去迎接督邮的到来。

在汉代，县级官员的直接上司是郡级官员。郡的长官是太守，督邮这个官职就是太守的副手，很有实权，经常代表太守视察县乡，传达上级的命令，教育下面的官员；同时还兼管司法、治安方面的事务，正是县尉的顶头上司。刘备听说督邮来视察，虽然自己没有什么失职的地方，不怕督邮挑剔，却也不敢怠慢。

刘备和关羽、张飞来到城外安排好迎接的仪式，静等督邮的到来。过了一会儿，只见远处尘土飞扬，一行人马向安喜县城而来。刘备、关羽、张飞急忙下马，排好队列。不一会儿，那一行人马来到城边。张飞看看督邮，只见他肥头大耳，一双猪眼，蒜头鼻子大嘴巴，一身肥肉，穿着却非常华丽，满脸骄横的神色。刘备、关羽、张飞上前施礼。刘备说道："安喜县县尉刘备，参见督邮大人。"督邮坐在马上，爱搭不理，鼻子里"哼"了一声，抬了抬马鞭，算是回答。关羽、张飞见此情景大怒，恨不得把那肥猪一般的督邮揪下马来，打他几拳，踢上几脚，出出心中的闷气。但是一看到大哥刘备仍在恭恭敬敬地施礼，二人只得强咽下这口怒气。督邮在刘备的陪同下，趾高气扬地向城中走去。关羽、张飞带领迎接的队伍随后跟着。

一行人来到驿馆里。那督邮下了马，谁也不理，大摇大摆走进大厅。刘备因为是下级官员，只能站在厅外的台阶下恭候。

督邮进入大厅，也不理会刘备，竟然靠在那儿休息起来了。刘备见督邮休息，不敢打扰，只得耐着性子等待。约莫过了两个时辰，那督邮才懒洋洋地对随从说："来人啊，叫刘县尉进来见我。"左右的人急忙走出厅来通知刘备。刘备整理了一下服饰，进厅见过督邮，然后站在一旁，等待督邮问话。

督邮明知刘备进来，也不看刘备，两眼上翻，阴阳怪气地问："刘县尉来安喜县多久了？"刘备躬身回答："快四个月了。"督邮又问："你上任以来工作如何？是否胜任？有没有什么差错？地方上是否平安？为官是否清廉？你要如实禀报，不得隐瞒！"刘备恭恭敬敬地说："是，下官不敢隐瞒，一定如实禀报。下官自上任以来，不敢马虎，尽职尽责，虽无大功，也小有成绩。刘备虽然能力低下，但也足以胜任本职工作，并无差错。本地百姓都是善良之人，少数奸恶之徒也都有悔改之意。故上任以来，本县平安无事。至于为官之道，刘备谨记在心，遵守纲纪，不敢徇私枉法，以图私利。大人询问本县官员，便知刘备所说属实。"

督邮"哼"了一声，翻了翻眼，想了一会儿，忽然问刘备："刘县尉是什么出身？"刘备回答："刘备是中山靖王刘胜的后代，汉景帝玄孙。"督邮一听，把那双猪眼一瞪，说道："噢，你就是靠着这招摇撞骗，胡说是皇亲才当上官的吗？"刘备一听，心中不由得有些恼怒，暗想："我乃刘氏皇族的正统（指王朝先后相承的系统）子孙，怎么能说我招摇撞骗？"此时，刘备虽然还是很恭敬，但说话的声音却高了起来，回答说："刘备是不是刘氏皇族子孙，朝廷中现有家谱，一查便知真假，我如何敢胡说？再说刘备被授县尉之职和刘备是刘氏子孙并无关系。我自涿郡起事投军，大大小小经历了三十多场战斗，攻无不克，战无不胜。我是凭战功而被授予官职的，哪里敢欺瞒朝廷？"督邮一听刘备竟然为自己辩说，还有反驳的味道，不由得大怒，拍着桌子叫道："好你个刘备！竟敢顶撞本官！你胡说自己是皇亲，又胆敢虚报功绩，真是胆大包天！本官下来视察，你本来应该老老实实禀报，可是你竟敢继续蒙骗本官，真是罪加一等！现在朝廷降下诏书，就是要查出你们这些人，淘汰你们这些滥官污吏（贪赃枉法的官吏）！"

俗话说，不怕官，就怕管。有的官权力虽然很大，总也有个范围。做官的最怕自己的顶头上司，因为顶头上司直接管辖自己。刘备听督邮这么狂喊乱叫一番，心中虽然恼怒，也不敢反抗，只是连连说："是，是。"督邮又骂了一通，这才对刘备说："你先退下，回头再跟你算账！"刘备只得忍气吞声，回县衙去了。

刘备一路上闷闷不乐，回到县衙，县吏已经在那里等了好半天。一见刘备回来，县吏急忙问："刘县尉，你怎么到现在才回来？我都等急了。"刘备还礼说："有劳久等。督邮大人一路疲劳，休息后才召见刘备，又询问半天，所以直到现在才回来。"县吏见刘备满脸愁容，小声问道："我看刘县尉脸上有忧虑之色，是不是督邮大人抓到我们什么错处？"刘备叹口气说："他倒没有抓住我们什么错处。不过他这次来，是奉了朝廷的命令，来查处滥官污吏。"县吏一听，急忙问："不知督邮大人要查处哪些人？"刘备说："督邮大人这次来视察，倒不是跟县吏大人为难，而是找刘备的差错来了。督邮大人说我冒充皇亲，虚报战功，以获得官职。因此他要把我淘汰，削职为民。"县吏一听，对着刘备笑起来。刘备有点奇怪，问县吏："我与县吏大人交情虽然不深厚，但也算相处了三四个月。如今眼看我官职不保，县吏大人为什么要笑呢？"县吏收住笑容，对刘备说："我并不是嘲笑刘县尉要丢官，而是笑刘县尉不知官场内情。督邮之所以对你发脾

气，找麻烦，并不是因为你真有什么差错，不过是想叫你给他些贿赂罢了。你钱财一到，他哈哈一笑，大事化小，小事化了。他得钱，你得平安，皆大欢喜。刘县尉何不赶快见机行事呢？"刘备一听，原来督邮是要索取钱财，不由得暗暗生气，说道："我为官清廉，对老百姓秋毫无犯（形容军队纪律严明，丝毫不侵犯群众的利益），从不敢勒索百姓，哪里有财物给他？何况督邮索要贿赂是不正当的，就是有钱财也不能给他！明天见了督邮大人，我向他说明情况就是了。"

刘备回到住处，关羽、张飞已经准备好酒饭。三人吃过晚饭，刘备把今天和督邮见面的情况简单对关羽、张飞说了一下。张飞一听说督邮想借故索要钱财，不由得大怒，叫道："这贪官，他胆敢要大哥一两银子，我打断他一条腿！"刘备说："我当然不会送他什么钱财，但是二弟、三弟也不要鲁莽行事，督邮毕竟是上级官员。明日我与县吏一同去见督邮，说明情况，料想督邮也不能无理强逼。"

第二天一早，刘备早早赶到县衙，却不见县吏，一问衙役，才知道被督邮叫去了，现在正在馆驿。刘备唯恐县吏为了自己而受连累，就急急忙忙向馆驿赶去。

刘备来到馆驿门前，只见门前站着两个把门人，神情凶恶，态度傲慢。刘备上前说道："麻烦进去通报，就说安喜县县尉刘备求见督邮大人。"那两个把门人眼一瞪，手一伸，说道："督邮大人现在有事，暂不接见。"说完就不理刘备了。过了一会儿，刘备见没有动静，只得又上前说道："再请二位进去通报，就说县尉刘备有事求见。"那把门人一听，大声喝道："你这人好啰唆！你的事情要紧，难道督邮大人的事就不要紧？你赶快闪开，否则别怪我们不客气！"说完，把手中的鞭子挥了一下。刘备见此情景，只得退开。如此三番五次，把门人都不让刘备进见。眼看就中午了，刘备只得自己先回到县衙，一个人坐在那儿闷闷不乐。

再说关羽、张飞，从吃过早饭后，一直没有刘备的消息，二人在屋里坐立不安。张飞实在耐不住性子了，对关羽说："二哥，你在这里等大哥的消息，我出去解解闷。"关羽说："三弟去了不要找事，快去快回。"张飞说："知道了，二哥放心。"张飞到马棚把自己那匹黑马牵出来，翻身上马，向城外驰去。

张飞纵马奔驰，一口气儿跑了十多里路，心里的闷气才稍微舒缓了一些。见路旁有一家酒店，恰好自己也有点口渴，便下马走进酒店，一连喝了七八杯。这几大杯酒下肚，心头的烦闷又涌上来，又饮了几杯，忽然想起："我出来半天了，不知大哥的事情现在怎么样了？"想到这里，急忙付了酒钱，上马回城。

一路上，张飞越想越气："我大哥是汉室宗亲，何等英雄，如今却受这督邮的窝囊气！这家伙要是栽到我手里，早晚叫他知道老子的厉害！"正走之间，忽然听到一阵哭声，抬头一看，原来不知不觉已经来到馆驿门前。门前有五六十个老人在那儿痛哭，不少老人身上还有血迹，其中有几个头上、脸上都被打破了，流血不止。张飞一看，又怒又疑，拍马上前问道："诸位老伯，你们为什么在此痛哭？又为什么挨打？"几位老人上前，边哭边说："张将军，自刘县尉来到安喜县，这里非常平安，我们也算过了几天安定的日子。像刘县尉这样的好官到哪里去找？今天我们听说督邮大人来到这里，把县吏叫去，逼着县吏捏造罪名，要害刘县尉。这真是伤天害理之事！要是刘县尉受到冤屈而被罢官，我们哪里还能过上安定日子啊！所以我们这些老头子约好来到馆驿，求见督邮大人，劝告他不要为难刘县尉。没想到督邮大人不但不让我们进去，反而叫把门人把我们这些老头子打了一顿，还要把我们赶走。我们没有办法，只好在此痛哭。"张飞

一听大怒，看看眼前这些痛哭的老人，再看看驿馆门口把门人那凶恶的样子，眼前仿佛又出现了督邮那傲慢、鄙视的神情，几天来积压的怒火"轰"地一下爆发了，刚喝下的酒好像化作满腔烈火，在胸中熊熊燃烧。张飞大叫一声："害民贼，我非杀了你不可！"他滚鞍下马，睁圆环眼，咬碎钢牙，直往馆驿大门冲去。把门人一见张飞怒气冲天的样子，早就吓得像老鼠见了猫，远远地躲开了。

张飞大步如风，直奔后堂，只见县吏被捆绑在地，督邮坐在厅上，正叫人拷打。张飞见此情景，怒火更盛，大喝一声："狼心狗肺的害民贼，认得你家张爷爷吗？"督邮一看张飞怒不可遏（愤怒得不能抑制，形容愤怒到了极点）的样子，像一尊金刚那样威风凛凛站在那里，吓得腿都软了，站也站不起来，颤抖着声音喊："来……来人啊，快……快……给我拿……拿下！"张飞一听，猛喝一声："哪个不怕死的敢动！"左右的人本来是狗仗人势，还想上前动手，猛听得张飞这一怒喝，个个吓得好像木头人一样，一动也不敢动。张飞"噔噔"两步跨到督邮面前，伸出那两只钢筋铁骨的手，一把抓住督邮的头发，像老鹰抓小鸡一样提了起来，直向馆驿门外拖去。督邮像杀猪一样叫起来，连声喊："张将军，饶命！饶命！"张飞理也不理，直把督邮拖出馆驿之外。

馆驿外面，那些老人还在哭泣，猛然看到张飞把督邮拖出来，一个个都惊呆了，止住哭声，也不知如何是好。张飞把督邮拖到馆驿门外，往地上一摔，骂道："你这只肥猪，本想一刀杀了你，可也太便宜你了！"抬头一看，只见馆驿门前有几根拴马的树桩，他一把揪起督邮，拖到马桩前，用绳子紧紧捆住。抬头再看，树上的柳枝又长又韧，真是绝好的鞭子。张飞折下一根粗柳枝，直指着督邮，咬牙切齿地说："你张爷爷今天要教训教训你这害民贼！"督邮一看张飞真的要打，这可吓坏了。他脸色灰白，头上直冒冷汗，连声叫道："张将军饶命，张将军饶命啊！"张飞大喝道："闭上你的臭嘴！平日你用鞭子打别人，今天也让你尝尝鞭子的味道！"说着，把手中的柳枝高高举起，照着督邮那肥猪一样的身子，"唰"地就是一鞭。督邮"哎哟"一声还没落音，张飞第二鞭又打了下来。片刻之间，督邮的头上、脸上、脖子上出现一道道血痕。张飞边打边骂："这一鞭，打你作威作福！这一鞭，打你贪赃枉法！这一鞭，打你坑害百姓！这一鞭，打你欺负大哥！……"张飞越打越气，越打越狠。那几十个老人见张飞鞭打督邮，一开始是又惊又怕，但看到张飞正气凛然，毫不惧怕，不由自主地围上来，指着督邮说："打！打！打死这害民贼！"那督邮，一开始还有求饶的声音，挨了几十下，连喊求饶的劲也没有了，耷拉着脑袋，只有鼻子里发出"哼哼"声，活像一头死猪。

张飞一连打了两百多下，柳枝也打断了许多根。张飞又折了一根粗柳枝，还要再打，忽听有人喊道："三弟住手！三弟住手！"张飞扭头一看，只见刘备、关羽二人急急忙忙向这边跑来。二人跑到跟前，拉住张飞。刘备问张飞："三弟，这是为什么？"张飞气呼呼指着督邮说："为什么？这样的害民贼，不打死留着干什么？"督邮一看刘备来了，急忙向刘备哀求说："玄德公救我一命！"刘备看看督邮那副可怜相，又想起他对自己傲慢无礼的情景，不由得十分厌恶。关羽知道大哥刘备是个仁慈的人，怕留下督邮，成为后患，于是对刘备说："大哥，如果今日饶了督邮，以后必然成为祸根。"张飞一听，说道："二哥的话有道理，大哥万万不能放了这贼子！"刘备见关羽、张飞都这么说，心中有些为难，督邮虽然可恶，但毕竟是上级官员，如果杀了督邮，岂不是以下犯上吗？关羽见刘备为难，又说："大哥立下这么多功劳，也只得到县尉这样的官职，而且还经常受到督邮

这些恶官的欺凌。我想，荆棘丛中，不是凤凰栖居的地方；奸恶小人聚集的地方，不是英雄久留之地。大哥，依我之见，不如杀了督邮，丢掉这个小小的县尉，回到家乡或投奔别处，再考虑将来的远大计划。"张飞听关羽这么说，连声说："好！好！""唰"的一声拔出剑来。刘备急忙说："三弟且慢，让我再考虑一下。"刘备低头沉思了一会儿，缓缓点了点头，然后从身上取出官印，挂在督邮脖子上，指着督邮的头说："你这奸贼残害百姓，罪行深重，本当一刀杀了你。这次暂且饶了你，给你一个悔改的机会。日后你若再作恶，必定会有恶报！县尉的官印，现在交还给你，我也不干这受气的差使了！"刘备又转过身来对那些老人说："刘备来到安喜，蒙乡亲们爱戴，刘备感激不尽！我们兄弟三人就此告别乡亲！"说完，和关羽、张飞一起施礼，然后转身大踏步走去。他们走出了老远，还能听见身后断断续续传来呼喊声："刘县尉、关将军、张将军，你们别走啊！"

夜，黑沉沉的；夜风吹来，冷飕飕的。刘备、关羽、张飞骑着马，奔走在回涿郡的路上。三人回头向安喜县望去，那儿已经变成一团模糊的暗影。向前方望去，前方也是一片黑暗。暗蓝色的夜空中，星星闪烁着暗淡的光芒，只有北斗星显得那么明亮。三人纵马挥鞭，在夜色中向前奔去。

勇猛刚劲，武艺高强

· · · ·

初平二年（公元 191 年），中原大地烽火又起，各地诸侯联合起兵，讨伐奸臣董卓。

董卓原来是西凉刺史，统领西州大军二十万，兵力雄厚，本来就有篡权夺位的野心。他利用朝廷内乱的机会，以保驾为名带兵进驻京城。后来他又收买了猛将吕布，更是肆无忌惮。初平元年（公元 190 年），他废掉汉灵帝，另立了汉献帝，自己则当上了国相，朝中的大权他一人独揽。没过多久，他又命人用毒酒毒死了汉灵帝，绞死了皇妃，把皇后从楼上扔下去活活摔死。董卓凶暴残忍，凡是不顺从他的大臣，他都一个一个杀掉。他还经常带领军队，以消灭反贼和盗匪为名，四处掠杀百姓，抢夺财物和妇女。提起董卓，人们没有不恨得咬牙切齿的。董卓的野心很大，他不仅想当国相，独揽朝中大权，还想借朝廷的名义，逐步消灭、并吞各地诸侯，称王称帝。各地的诸侯看到这种形势，纷纷联合起来，共同对付董卓。一来是为了保护自己，扩大地盘；

二来也是为民除害，稳定局势。所以，当各地诸侯接到曹操讨伐董卓的宣言后，立即纷纷响应。

讨伐董卓的诸侯联军，除曹操的人马外，共有十七镇：

第一镇，南阳太守袁术；

第二镇，冀州刺史韩馥；

第三镇，豫州刺史孔伷；

第四镇，兖州刺史刘岱；

第五镇，河内太守王匡；

第六镇，陈留太守张邈；

第七镇，东郡太守乔瑁；

第八镇，山阳太守袁遗；

第九镇，济北相鲍信；

第十镇，北海太守孔融；

第十一镇，广陵太守张超；

第十二镇，徐州刺史陶谦；

第十三镇，西凉太守马腾；

第十四镇，北平太守公孙瓒（zàn）；

第十五镇，上党太守张杨；

第十六镇，长沙太守孙坚；

第十七镇，渤海太守袁绍。

这十七镇诸侯各自率领部下人马，杀奔京都洛阳而来。

再说刘备、关羽、张飞三人，在安喜县鞭打督邮以后，连夜奔回涿郡。后来得到代州太守刘恢的推荐，投奔到幽州牧刘虞的手下，立了很多战功。刘虞以及刘备的好友公孙瓒先后向朝廷禀报了刘备的战功，朝廷不仅赦免了鞭打督邮之罪，而且任命刘备为平原县令。北平太守公孙瓒出兵讨伐董卓，路过平原县时，向刘备说明了讨伐董卓之事。刘、关、张三人一听，慷慨激昂，立即舍去官职，随公孙瓒一同前往。

各镇诸侯会集，一致推举渤海太守袁绍为盟主，并立下誓言，同心协力，共破董卓。长沙太守孙坚首先请战，愿意领兵攻打汜水关。但汜水关守将华雄十分勇猛，击败了孙坚，又连斩诸侯联军数员大将。正在各路诸侯束手无策之时，关羽奋勇请战，片刻间斩了华雄。诸侯联军得胜，乘势攻打要塞虎牢关。

董卓得到华雄被斩、虎牢关危急的报告，十分惊慌，急忙调集十五万大军，亲自带领勇将吕布，前去救援虎牢关。

虎牢关是一座险关，西、南、东三面群山环绕，北面是黄河，山崖险峻，河岸壁立，地势险要，易守难攻；再加上有勇将吕布，确实难以攻破。但虎牢关乃是通往京都洛阳的要塞，离洛阳仅有五十里。虎牢关一破，诸侯联军便可以直逼洛阳。所以，要攻破洛阳，必须先破虎牢关。

董卓领兵来到虎牢关，命令吕布带着三万人马出城安下营寨，自己则驻扎在城内防守。

诸侯联军得到董卓救援虎牢关的消息，便聚集在一起商议，最后决定派王匡、乔瑁、鲍信、孔融、张杨、公孙瓒等八路诸侯前去攻打虎牢关，其余各路诸侯继续攻打汜水关，曹操负责两方面的接应救援。

王匡、公孙瓒等八路诸侯率领人马来到虎牢关前。吕布接到探马报告，亲自率领三千铁骑出战。双方人马列成阵势，一声炮响，吕布纵马出阵挑战。吕布头戴紫金冠，身穿连环甲，脚蹬步云战靴，外披百花锦袍，腰带雕弓长箭，手持方天画戟，骑着千里嘶风赤兔马，在阵前来回驰骋，威风凛凛，杀气腾腾！八路诸侯早就听说吕布骁勇（**勇猛**）无比，今日一见，果然名不虚传！

河内太守王匡见吕布前来挑战，回头向部下将士问道："谁敢出战，先立头功？"话音刚落，一将挺枪纵马出战。众人一看，原来是河内名将方悦。方悦拍马舞枪直冲吕布，吕布也纵马挥戟上前。两马相交，枪戟相撞，战不到五个回合，方悦被吕布一枪刺下马来。两军将士齐声喊叫。

上党太守手下大将穆顺要逞英雄，不等张杨命令，拍马挺枪去战吕布。但吕布戟法高强，凌厉迅猛，穆顺哪里是他的对手！二马才相交，吕布手起一戟，迅速无比，穆顺来不及招架，被吕布一戟刺死。

八路诸侯大惊失色，一时间众将士也无人请战。忽听得一人出列叫道："我受孔太守十年厚恩，今日愿以死报答太守！"北海太守孔融一看，原来是自己门下的勇士武安国。那武安国力大无穷，使一把铁锤，重五十斤，一般人往往招架不住他三锤。武安国提锤上马，冲向吕布，吕布也挥戟拍马迎来。武安国奋力一锤砸去，吕布见来势凶猛，随即用戟拨开铁锤。吕布见武安国锤力沉重，当下便用快速戟法迎战。武安国锤大力重，却不太灵活。战到十余回合，吕布挥戟猛砍，正中武安国手腕。武安国手腕一断，无法使动大锤，只得弃锤逃回本阵。

八路诸侯眼见连败三阵，方悦、穆顺、武安国三员大将两死一伤，众人无不又惊又怕。他们早就知道吕布武艺高强、勇猛过人，却没想到吕布竟如此勇猛，片刻之间连胜三阵。八路诸侯一时想不出什么办法来。河内太守王匡摇摇头说："吕布如此勇猛，

如何是好？"北海太守孔融叹了口气，说："武安国乃是我手下的一员猛将，以前从没有败过，却不料今日败在吕布手下。人说勇将数吕布，果然如此。"上党太守张杨因损失了大将穆顺，阴沉着脸，一言不发。其他几路诸侯有的叹息，有的互相商量，有的按兵不动，有的则暗暗庆幸。

曹操见此情景，考虑了一会儿，对众人说："吕布英勇无敌，光靠我们八路诸侯的力量，确实难以取胜。看来只有等十七路诸侯聚齐，再商量如何破关。一旦把吕布打败，董卓则不堪一击，虎牢关也必破无疑。"众人听曹操这么说，都连连点头称是。刘备、关羽、张飞站在公孙瓒后面，见众人这副模样，也不讲话，只是暗暗冷笑。

吕布连胜三阵，得意扬扬，在阵前耀武扬威，大声叫骂："胆小鼠辈，快快出来送死！"吕布连骂几遍，八路诸侯竟无一人敢出战，吕布忍不住哈哈大笑。

吕布在阵前这一叫骂，可恼坏了张飞。虽然吕布武艺高强，但张飞最看不起的就是吕布。原来吕布父亲早死，自幼跟随荆州刺史丁原，丁原对吕布非常好，吕布感激丁原的恩德，就拜丁原为义父。但是吕布后来经不起董卓用重金、珠宝和好马的引诱，竟亲手杀了丁原，投降董卓，并且又认董卓为义父。吕布做了董卓的爪牙以后，帮着董卓干了不少坏事。吕布反复无常，翻脸无情，不讲信义，认贼作父（比喻把敌人当亲人），实在是很卑鄙。提起吕布，张飞就很鄙视他，叫他"三姓奴"。今天张飞见吕布在阵前耀武扬威，又大声叫骂，叫他如何不恼？

吕布叫骂半天，见八路诸侯无人敢出战，更加狂傲，一拍赤兔马，竟匹马单戟，前来冲阵。北平太守公孙瓒奋起反击，手挥铁槊（shuò），亲自迎战吕布。才战了两个回合，公孙瓒抵挡不住吕布，回马败走，吕布纵马追来。那赤兔马日行千里，奔走如风，片刻之间就追上了公孙瓒。吕布举起方天画戟，往公孙瓒后心刺去，眼看公孙瓒就要死在吕布戟下。就在这千钧一发之际，猛听得雷鸣般的一声怒吼："三姓奴休要猖狂！"吕布只觉得手臂一震，那方天画戟已被挑在一边，紧接着，一支蛇矛如蛟（jiāo）龙出洞，"呼"地一下，直向自己胸前刺来，吕布急忙侧身一闪，才躲过这雷震电闪般的一击。吕布大惊，只见来将怒睁双眼，紧咬钢牙，虎须倒竖，怒发冲冠，挺丈八蛇矛，携狼牙长箭，正是猛将张飞！

张飞一击不中，勒转马头，手指吕布高声喝道："三姓奴休走，你张爷爷来也！"拍马挺矛，直冲吕布。吕布最恼的就是别人喊他"三姓奴"，听见张飞当着几万人的面这么喊他，真比打

他十个巴掌还难受，只气得吕布脸发黄，手发抖，恨不得一戟把张飞刺死。他也不追公孙瓒了，勒转马头，挥戟向张飞迎去。二马相交，矛戟相撞，"当"的一声，震人耳膜。二人各逞威风，战成一团。

张飞力大矛重，招数凶狠，每一矛刺出，都直指吕布要害。吕布则动作敏捷，戟法迅速多变，手中那把方天画戟，戟头可刺可挑，戟枝可钩可砍，确实是一件厉害的兵器，再加上吕布凌厉奇妙的戟法，更是威力倍增。二人战到三十多个回合，吕布已稍稍占了上风。但张飞毫不畏惧，奋起虎威，抖擞精神，呼喝喊叫，越战越勇。张飞本来就勇猛无比，见先前吕布十分猖狂，早已憋了一肚子怒气；此战又是讨伐董卓，浑身透出一股正气；再加上他那股誓斩敌人的杀气，三气聚集在胸中，更激发他那股英雄气概。张飞一招比一招猛，一招比一招狠。吕布戟法灵活，有几次本可以刺伤张飞，但张飞不躲不闪，反刺吕布要害，逼得吕布不得不招架躲闪。尽管吕布武艺稍胜一筹，但碰上张飞这种奋不顾身、同归于尽的战法，也是无可奈何。二人大战五十多个回合，仍然不分胜败。两军阵里鼓声如雷，喊声如潮，数万人马都看呆了。八路诸侯没有想到张飞如此勇猛，武艺如此高强！刚才说方悦、穆顺、武安国三将与吕布之战，和张飞与吕布相比，简直如同儿戏！八路诸侯都暗想："刚才三将交战，无一人能抵挡吕布十个回合；而张飞和吕布已大战这么长时间，依然不分胜败。看来也只有猛张飞才抵挡得了勇吕布。"眼见二人每一矛、每一戟刺出，都能取人要害，置人于死地，令人胆寒；但两人都能招架反击，转守为攻。每一招、每一式都又狠又妙，只看得八路诸侯惊心动魄，目瞪口呆！

刘备、关羽见张飞出马与吕布交战，自然十分关心，二人不知不觉来到阵前，以便及时救援。此时张飞和吕布的拼斗更加激烈、惊险。二人见张飞每一矛刺出，都如同拼命，尽是两败俱伤、同归于尽的战法，不由暗暗担心。关羽心想："如此战法，二人都难免死伤。那吕布是反复无常的小人，又是为奸臣董卓卖命，死了没有什么可惜；三弟乃我结拜兄弟，情如手足，岂能让他伤在吕布手里？再说今天如果不把吕布杀败，还提什么讨伐董卓？"想到这里，他把马一拍，挥起青龙偃月刀，冲上阵去，大声喊道："三弟，我来也！"张飞见二哥前来助战，勇气陡增。二人一左一右，刀砍矛刺，如暴雨般向吕布进攻。三人才战了十多个回合，吕布已是连连遇险，左躲右闪，前趋后避，只有招架之功，没有还手之力。关羽、张飞这一阵猛攻，只杀得吕布两臂酸软，一身臭汗。刘备在阵前看了，心中大喜："这时不下手，还等什么时候！"他纵黄骠马，舞双剑，冲上阵去，一声大喊："二弟、三弟，我来也！"双剑盘旋，向吕布刺去。

　　吕布独战关羽、张飞二人，本来就险象环生（危险的局面不断产生），穷于应付，眼看刘备又加入战团，心中暗暗叫苦。他心里一乱，戟法更加散乱，使出全力再战几个回合，实在是招架不住。吕布心想："再不逃走，连命也保不住了。现在不逃，还等什么时候？"他虚刺一戟，回马就逃。张飞大喝一声："三姓奴，哪里走！"一马当先，向吕布追去。刘备、关羽紧紧跟上。八路诸侯见吕布败逃，齐声高呼："吕布败了！吕布逃跑了！"曹操和八路诸侯一起下令："冲啊！"顿时鼓声惊天，杀声震地，数万人马如山崩海啸，一起冲杀过去。冲在最前面的那员大将，像惊雷，像烈火，像一股黑色的旋风，正是威震敌胆的张飞！

　　虎牢关前一场大战，令吕布心寒、董卓丧胆。董卓留下守将，连夜逃回洛阳。刘、关、张率兵攻城，守将开关投降。虎牢关之战终于取得了胜利，刘、关、张三人从此名扬天下！

欲杀吕布，最恨无信义之人
••••

张飞和吕布，仿佛是天生的死对头。虎牢关大战，吕布连斩数将，出尽风头，偏偏杀出个张飞，当着几万人的面叫他"三姓奴"，又和关羽、刘备一起，杀得他大败而逃，丢人露丑，这让吕布如何不恼？张飞和吕布从此结了怨。

虎牢关这一战，董卓败走，回到洛阳后，强迫皇帝把京都迁到长安，以逃避诸侯的进攻。各路诸侯得知董卓逃走，都想乘机扩大自己的地盘、势力，于是你抢我夺，互相争斗起来。

刘备、关羽、张飞见到这种情况，满腔的报国热血顿时化作一团冰雪，于是率领人马回到平原县去了。

且说徐州刺史陶谦，已经六十三岁了，又得了重病。他想到自己死后，徐州如果没有贤能之人镇守（指军队驻扎在军事上重要的地方防守），又将成为战火之地，百姓也将因此遭受苦难。他又想到刘备是汉室宗亲，宽厚仁慈，确实是贤能之人，义弟关羽、张飞又英勇无敌，如果把徐州托付给刘备，那么徐州就可以平安无事。于是陶谦把刘备请来，临终之前请刘备接管徐州。刘备苦苦推辞，不肯接受。无奈陶谦病重，说完话就闭目了。陶谦手下的官员和徐州百姓又苦苦请求，刘备不得已，这才接管了徐州。

刘备接管徐州不久后，吕布忽然前来投奔刘备。张飞和吕布这两个死对头又碰在一起了。

吕布本来跟随奸臣董卓，怎么会突然来投奔刘备呢？原来董卓强迫皇帝迁都长安以后，继续为非作歹，残害大臣，滥杀无辜。司徒王允为了除掉董卓，利用自己的歌伎美女貂蝉使用连环计（三十六计之一。连环计是指将数个计谋，好像环与环一个接一个地相连起来施行一样。假如连环计中其中一计不成功，对于整套策略的影响很是深远，甚至会以失败而告终），挑动董卓、吕布二人互相忌恨。吕布为了得到貂蝉，亲手杀了他的第二个义父董卓。董卓的部下起兵为董卓报仇，要杀吕布，吕布战败，先是投奔袁术、袁绍，后又去投奔张杨、张邈。在与曹操作战中战败，无路可走，听说刘备不久前接管了徐州，这才前来投奔刘备。

刘备听说吕布前来投奔，就召集众人商议。刘备对大家说："吕布前来投奔徐州，大家看应该怎么办？"众人听到这个消息，意见不一，有的说不能收留，有的说应该收留，还有的说应该先摸清吕布的意图，再决定是否收留。大家说了半天，最后都看着刘备，等着刘备做决定。刘备又考虑了一会儿，然后说："吕布乃当今英勇之士，他来投奔我们，我们应该表示欢迎才对。"谋士糜竺说："吕布乃虎狼之徒，主公千万不可收留。如果收留了他，他日后会伤人的。"张飞一听，大声说："对！吕布这小子无信无义，连干爹都能杀，别的人就更不用提了。大哥不能收留他！"刘备摆摆手，止住张飞的话，然后说："吕布走投无路，才来投奔我。我如果不收留他，倒显得我心胸狭窄，无情无

义。再说，吕布现在是没有办法，只求安身，哪里还会有其他想法呢？"张飞听刘备这么说，心里虽然不同意，但也不和刘备争了，只是说："大哥的心肠也太好了。收留是收留，大哥也得防一手，免得吃亏。"

刘备率众出城三十里去接吕布，然后和吕布并排骑马进城。来到州衙大厅，分宾主坐下。吕布谢刘备说："我自杀了董卓以后，到处奔走，诸侯都不肯相容。今来投刘使君，共图大事，不知尊意（阁下的意思）如何？"刘备回礼说："陶谦公最近刚去世，徐州无人管领，我只是暂时代理一下政事。现在幸得将军到此，我本应该让将军来管理。"说完就把太守的印信双手交给吕布。吕布心中大喜，伸手正要接过来，猛然看到刘备身后的关羽、张飞都手握剑柄，怒目而视。吕布心里一惊，心想自己也太不像话了，刚进城就想掌印信，这不是明摆着来抢地盘吗？于是顺势把伸出的双手往前一推，干笑两声说："我只是一个勇夫，哪能配做太守呢？"又把印信推回去了。刘备再让，吕布说："刘使君莫非是试探我吧？我绝不敢接受，希望刘使君不要怀疑。"刘备这才作罢，随即设宴招待，又命人给吕布收拾房子，让吕布安心住下。

宴会散后，吕布回到住处休息。吕布刚走，张飞就跷起大拇指对刘备说："大哥，你刚才这一招真高，一下子就试出吕布这小子的底细了！"刘备瞪了张飞一眼，说："三弟不要瞎说，我又怎么试探吕布了？"关羽也拍张飞的肩膀，笑着说："三弟可不能随便乱讲啊。"张飞一听，急得一跺脚，说："俺怎么瞎说乱讲呢！大哥刚才要把大印让给吕布，那小子一看，眼都瞪圆了！这还用人说，那小子明摆着想当太守。那小子这回来，准没安好心！"刘备摆了摆手，不让张飞再说下去，然后说："我哪里是试探吕布，我是诚心相让。我的德行、能力都不能胜任。如果有比我强的人来管理徐州，那是再好不过。"张飞一听可就急了，说："大哥，你无论如何也不能让给吕布那小子！你真的不想管，就让俺来管两天。俺要管不好，大哥再管就是了。"关羽一听，微微一笑，说："这么大个徐州，真让你管，那还不乱了套。"张飞挺自信地说："怎么会乱了套，保证平安无事！"刘备、关羽相视一笑，摇摇头，不再说话了。

第二天，吕布设宴回请刘备。刘备接到请柬，便准备前去赴宴。关羽在旁边对刘备说："大哥，昨天你把大印让给吕布的时候，我在你身后观察，那吕布确实有接受的意思。从这一点来看，吕布很可能有夺取徐州的野心。"刘备摇摇头，笑着说："二弟，我以好心对待别人，别人怎么会对不起我呢？"张飞见刘备居然毫不在意，心里可就急了，急忙说："大哥，吕布那小子请你，肯定是黄鼠狼给鸡拜年，没安好心！大哥就不去，看吕布能怎么着！"刘备笑了笑，说："好心请我，我怎么能不去呢？二位贤弟不放心，就和我一起去，好不好？"关羽、张飞听刘备这么说，只好去准备了一下，和刘备一起去了。刘备见张飞不但腰中带剑，还带着丈八蛇矛，就笑着问张飞："三弟，这又不是去打仗，你带着兵器干什么？"张飞瞪大眼睛说："大哥，俺就信不过吕布那小子。他今天要敢使坏，俺就一枪戳他两个洞！"

吕布见刘备来到，非常高兴，又看到关羽、张飞二人也来了，而且还带着一脸的杀气，不由得心里一惊，当下把刘备、关羽、张飞请到屋内，上菜斟酒，款待三人。

酒喝到一半，吕布站起来对刘备说："请到后堂来一下。"刘备于是和吕布一块儿到后堂去。张飞碰了碰关羽，低声说："二哥，咱们一起跟去，吕布这小子要使坏！"关羽点点头，二人紧紧跟在刘备的身后，来到后堂。进了后堂，张飞一看，只见两个女的站在那里，一个是中年妇女，一个十五六岁，两个女的虽然年龄相差不少，但看上去都显得很漂亮。张飞再一看，屋里并没有其他人，他心想："吕布这小子不知要搞什么玩意儿。难道他想使美人计（用美女引诱敌人上圈套的计谋），败坏俺大哥的名誉？……"正想着，只听吕布说道："这是家妻与小女。你们快来拜谢刘使君收留之恩。"原来她们是吕布的妻子和女儿。她们听吕布一说，便上前向刘备拜谢。刘备急忙谦让，说："你们前来，我本当热诚相待。只是招待不周，我已经很惭愧了，怎么还敢受此大礼？"吕布上前拉着刘备说："贤弟不必客气，请受礼吧。"张飞正在瞎琢磨吕布请刘备到后堂的目的，猛听得吕布喊刘备"贤弟"，不由得大怒，瞪着眼，指着吕布大喝道："胡说八道！"吕布和刘备都是一愣，吕布的妻子和女儿见张飞突然发怒，吓得赶快躲到一边去了。刘备急忙对张飞说："三弟不得无礼！"张飞气呼呼地说："他才无礼！"吕布听张飞这么一说，问道："我哪一点无礼了？"张飞见吕布问他，怒火更旺，指着吕布的鼻子说："你是什么东西，敢叫俺大哥'贤弟'！俺大哥乃汉室宗亲，金枝玉叶，人中英雄，堂堂正正的男子汉！你却是奸臣董卓的干儿子，翻脸无情的小人！"说着，"唰"的一声抬起蛇矛，大叫道："你来，我再和你斗三百回合！"刘备急忙喝住："住手！"一面对关羽说："快让三弟出去！"关羽急忙把张飞拉出去了。吕布站在那里，又羞又愧，又气又恨，半天说不出一句话来。刘备向吕布道歉说："刚才三弟张飞酒后乱说，希望你不要见怪。"吕布默默无语，叹了口气，送刘备出门。刚走到门口，只见张飞跃马挺矛而来，大叫道："吕布，你过来，俺跟你拼三百回合！不敢来的是孬种！"刘备急忙和关羽一起拖着张飞回去了。

第二天，吕布向刘备告辞，要另投别处。刘备尽力挽留，对吕布说："将军如果离我而去，我的罪过就太大了。离徐州四五十里，有一座小沛城，将军如果不嫌城小地狭，可以先到那里驻扎，粮草军需我自当拨给。三弟张飞冒犯将军，改天一定让他给你赔罪。"吕布见刘备这么说，就到小沛去了。刘备和张飞商量，叫他去给吕布赔不是。张飞哪里肯去，气哼哼地说："不去！俺就是不去！吕布这小子，俺就是看不起他！再过一百年，俺还是看不起他！"刘备见张飞这样倔强，也只好算了。

吕布驻扎在小沛，离徐州不过四五十里路。虽然刘备不怀疑吕布有什么野心，经常派人送米送肉，有时还亲自前去慰问，但是张飞却根本信不过吕布。这人连两个义父都能杀死，谁敢保证他不伤害刘备？所以张飞经常派出探子打听吕布的消息。

这一天，张飞正在操练兵马，忽然探子来报，说是吕布近期内派人到山东地区买了三百匹好马。张飞一听，暗暗得意，心想："好小子，果然不出你张爷爷所料，你小子真没安好心！招兵买马干什么？还不是想夺俺大哥的徐州？"张飞想了半天，忽然想出一个计策来，不禁哈哈大笑。张飞手下将士见张飞大笑，也不知为什么，都跟着傻笑了一阵。

当天晚上，张飞把两个亲信将士叫到自己房中，吩咐他们调集五百名将士，都装扮成强盗模样，暗地里出发，埋伏在去小沛的路上，自己也亲自前往。等到吕布买马的队伍到来，突然杀出，杀散买马的军士，抢了一百五十多匹好马，回到徐州，把抢来的马匹藏在一个秘密的地方。张飞则像往常一样，照常操练人马，连刘备也不知道一点底细。

再说吕布听说马匹被抢的报告，又是气愤，又是纳闷，于是派人出去探听情况，经过几天的调查，才知道原来是张飞假扮强盗，抢走了马匹。吕布想起张飞以前对自己种种野蛮的行为，心中更是愤怒，于是率领人马，到徐州来讨还马匹。

刘备听说吕布率兵前来，觉得很奇怪，于是也带兵出城与吕布相见，问道："将军为什么领兵到此？"

吕布生气地反问道："你为什么指使张飞夺我的马匹？"刘备大惊，说："我怎么能夺将军的马匹？这事我一点也不知道。"吕布更生气了，说："我已经派人查清，到现在你还敢抵赖！"刘备正要分辩，张飞跃马而出，大声说："是俺夺了你的马，这不关俺大哥的事。你到底想怎么着？"吕布一见张飞出来，上前骂道："大眼贼！你多次欺负我，今天我跟你拼了！"张飞听吕布骂他，心中大怒，也骂道："你这个三姓奴！俺夺你几匹马算什么？你还想夺俺哥哥的徐州哩！老子不跟你算账，你还打上门来！你这是找死！"吕布听张飞又骂他"三姓奴"，气得眼都红了，挺戟就向张飞刺去。张飞也挥动蛇矛，上前迎战。刘备连声喊道："住手！住手！"哪里喊得住二人？二人大战一百多个回合，不分胜败。吕布暗暗心惊，心想："没想到大眼贼现在武艺这么好，以前我还稍微占点上风，现在居然打个平手。要是关羽再上来，我可就完蛋了！"

刘备见张飞、吕布二人斗了这么长时间，生怕哪一个受了伤，于是对关羽说："我们上去把他们两个分开吧。"关羽点点头，二人便手提兵器纵马前来。吕布以为刘备、关羽是来帮助张飞，心中大惊，虚刺一戟，回马就走。张飞正要追赶，只见刘备、关羽上前拦住，张飞只得住手。刘备、关羽拉着张飞，三人一同回城去了。

回到城里，刘备问张飞："三弟，你为什么要抢吕布的马呢？"张飞说："别人的马俺不抢，吕布的马俺就要抢！这小子招兵买马，准没安好心！"关羽笑着问："不知三弟怎么抢来的？"张飞听关羽这么问，"扑哧"一声笑了，说："俺扮作山大王，叫军士们装成强盗，稀里哗啦就把马匹抢来啦！"刘备问："抢来的马放在什么地方？"张飞不好意思地说："都放在各个寺庙里。"刘备便派人把马匹集中起来，想给吕布送回去。张飞见刘备要还马，连忙说："大哥，这马不能还！你还给他马，就像咱们输理似的，这口气俺咽不下去！"刘备拍拍张飞的背，亲切地说："三弟，大哥心里明白，你做这件事是为了我好，不过做事以前，我们兄弟三人最好商量一下，对不对？这一次看在大哥的面上，就把马还给吕布吧。"张飞听刘备这么说，点了点头，不再争辩了。

不知不觉，又是几个月过去了。这一天，刘备、关羽、张飞以及谋士们正在商量事情，忽然军士来报，说是朝廷使者来到徐州。刘备得到报告，赶忙准备迎接。朝廷使者来到徐州城内，宣读皇帝的诏书，正式任命刘备为徐州太守，并封为镇东将军。使者宣读完皇帝的诏书，又把刘备召到后堂，交给刘备一封密信。刘备一看密信，心中不由得一惊，表面却不动声色，对使者说："尊使请先休息，此事等我考虑之后再做答复。"

原来董卓被王允、吕布除掉以后，董卓的部将李傕（jué）、郭汜（sì）造反，控制皇帝和大臣作为人质。曹操率兵前来救驾，打败李、郭两人的部队，因此得到皇帝的信任。曹操又借口说京都洛阳毁坏，乘势把首都迁往许都（今河南许昌）。曹操自封为大将军，独揽朝中大权。尽管如此，曹操对刘备还是十分担心，特别是听说吕布投奔了刘备，更怕两人联合起来，于是用了手下谋士荀彧的"二虎竞食"之计：一方面在诏书中任命刘备为徐州太守；另一方面则写了一封密信给刘备，叫刘备杀了吕布。如果刘备杀了吕布，那么刘备就失去了吕布这个帮手；如果刘备杀不了吕布，则刘备很有可能被吕布所杀。两虎相争，必有一伤。这就是这条计策的毒辣之处。

刘备看了曹操的密信，十分为难。他明知道曹操是想挑动吕布和自己互相残杀，可是如果不按曹操的意思去办，又怎么来抵

挡曹操的进攻呢？他左思右想，拿不定主意，于是连夜召集手下的人商议。

刘备见众人到齐，就把曹操密信中要杀吕布的事情对大家讲了。大家一听，都觉得这件事很不好办。

张飞见大家都不说话，忍不住说道："这事还不好办？吕布那小子本来就该杀，大哥派人把他叫来，一刀杀了，不就完了！"谋士孙乾摇摇头说："吕布来投我们，如果我们杀了他，别人恐怕会说我们不仁不义，以后别人也就不敢来投我们了。这对今后的事业是不利的。"张飞把眼一瞪说："我们又没有请吕布来，是他自己要来送死，怎么能怪我们？"刘备摆摆手，不让张飞再说下去，然后说："孙乾先生的话不错，如果我们杀了吕布，其他人肯定会指责我，远离我，这样就难成大业。依我看，可先采取缓兵之计，就对曹操说此事不能急于求成，要慢慢等待机会。以后我们再看情况想办法，怎么样？"大家听刘备这么说，都觉得可以。只有张飞想不通，说："大哥想做好人，可没那么容易。你不杀吕布，吕布还要杀你哩！"

第二天一早，吕布从小沛来到徐州。刘备得知，就请吕布进来相见。吕布进门后，对刘备说："听说你受了朝廷的封赏和任命，特地前来祝贺。"吕布话音刚落，只见一个人从厅上跳了起来，手拿蛇矛就向吕布砍去。吕布急忙侧身闪过，定睛一看，正是张飞。刘备急忙上前阻挡，大声喝道："住手！不要胡来！"吕布惊出了一身冷汗，问张飞说："翼德为什么三番两次要杀我？"张飞用剑指着吕布，大声叫道："曹操说你是个无信无义的小人，叫俺哥哥杀了你，免得被你害了！"刘备一听张飞说出了曹操密信中的话，连声喝道："三弟退下！不得无礼！"张飞见大哥声色俱厉，就气呼呼地走了。

刘备把吕布带到后堂，把前因后果如实告诉了吕布，并拿出曹操的密信给吕布看。吕布看完信，不由得双眼泪下，说："这是曹操这贼子挑拨我们两个互相残杀啊！"刘备安慰吕布说："将军请不必忧虑，刘备发誓不做这种不仁不义之事！"吕布再三拜谢。刘备留吕布吃了饭，然后亲自送出城外。

刘备回到城里，正巧碰上了关羽、张飞。张飞气呼呼地问："大哥为什么不肯杀了吕布？杀了吕布，不就干净了？"刘备叹息了一声，说："三弟到现在还不明白？这是曹操害怕我和吕布联合在一起，所以挑动我们互相残杀，然后他再下手。这是'二虎竞食'（二虎相争，必有死伤，从而可以从中渔利）之计啊！"关羽说："我想也是如此。"张飞恍然大悟，"噢"了一声，说："原来曹操这小子也不安好心，吕布和曹操这两个家伙，一对坏蛋！日后俺逮着这两个家伙，嚓嚓两刀，都让他们见鬼去吧！"

醉酒误事，悔恨失徐州

．．．．

刘备送走朝廷使者还不到一个月，又接到朝廷的诏书，命令刘备起兵征讨南阳太守袁术。

原来朝廷的使者回到许都后，把刘备的回信交给了曹操。信中说，除掉吕布之事不能急于求成，要慢慢等待机会再下手。曹操一看，就知道刘备识破了自己的"二虎竞食"之计。谋士荀彧见一计不成，又献上一条"驱虎吞狼（意谓令此攻彼也。使之自相残杀，以让第三方坐收渔人之利）"之计：一方面暗地里派人告知袁术，说刘备要侵占南阳；另一方面，让曹操奏知皇帝，说袁术有谋反之意，让皇帝下诏书命令刘备讨伐袁术。刘备、袁术互相争斗，必有伤亡，吕布就会乘机行动。这样，利用刘备、袁术、吕布三人之间的矛盾，破坏他们之间的联合，削弱三方的力量，然后曹操再发兵分别征服。曹操一听，觉得此计很妙，就按这条计策办了。

　　刘备接到皇帝的诏书，忧虑重重。自己刚刚接管徐州不久，形势不稳，兵力不足，如果去征讨袁术，肯定要受损失。但不去打袁术，等于公然违抗朝廷的命令，就会被安上反叛的罪名。刘备左右为难，便召集手下人员商议此事。

　　谋士糜竺一听，气愤地说："这又是曹操的计策！"刘备叹了口气，说："虽说是曹操之计，可是朝廷的命令是不能违抗的。"谋士孙乾想了一下，说："主公奉命讨伐袁术，但诏书并没说只许胜，不许败。依我之见，如果征讨不顺利，就收兵回徐州，就说袁术难对付，请皇上另派人征讨，如何？"刘备一想，这倒是个滑头之计，于是决定起兵征讨袁术。孙乾又说："主公如果决定发兵，应该确定守徐州的将领。"刘备看看关羽和张飞，问道："两个兄弟哪一个可以守徐州？"关羽挺身而出说："弟愿守此城。"刘备想了一下说："二弟守徐州，我是放心的。不过我经常有很多事情要和你商议，你怎么能离开我呢？"张飞听刘备这么一说，很不服气，走上前对刘备说："大哥，小弟愿守徐州！"刘备一听张飞请求，摇摇头说："你呀，守不得徐州！"张飞一听，莫名其妙，问道："俺怎么就守不住徐州？"刘备看着张飞，严肃地说："一来，你爱喝酒，喝了酒又爱使性子，鞭打士卒，容易让人恼恨你；二来，你性格刚强，做事草率，不听从别人的劝告，这样的话，必然要出差错。徐州是我们的根据地，如果失了徐州，我们就没有安身立足之地。把徐州交给你防守，我怎么能放心呢？"张飞一听可就急了，大声说："从今以后，俺酒也不喝了，兵士也不打了，什么事都听人劝，这还不行吗？"刘备听张飞这么说，不由得笑了，说："你如果这样的话，我还担心什么？"糜竺在旁边说："只怕将军口不应心，说得好听，到时候就不一样了。"张飞一听大怒，握着拳头对糜竺说："胡说！俺跟大哥多年，从来不失信，说话算话！你怎么敢这么讲俺！"糜竺见张飞发怒，连连退后。刘备急忙拦住张飞，说："三弟本性如此，我到底不放心。这样吧，请陈登先生为军师，负责处理日常事务。要让三弟少喝酒，以免误了大事。"陈登是以前徐州太守陶谦手下的谋士，办事稳妥，足智多谋，所以刘备让陈登辅助张飞。刘备分配完毕，率领关羽众将及马军、步军三万人，离开徐州往南阳进发。

张飞送大哥、二哥出征后，把管理徐州的事和陈登分了工：一切行政事务，都由陈登负责处理；军事方面的事，则由自己全权负责。张飞担心大家不协助自己，于是摆下一席盛宴。等大家坐定，张飞开口说道："俺大哥临走的时候吩咐过俺，叫俺少喝酒，以免耽误大事。诸位今天痛饮一醉，从明天开始，一律禁酒，帮助俺守好徐州！"张飞说完了开场白，然后举起酒碗说："诸位请！这一碗大家都要喝干！"说完一饮而尽，放下酒碗一看，大家却都没有喝。各人嘴上不说，心里都想："昨天你说得倒好，'酒也不喝了'，刘备刚走，你又喝起来了。如果喝醉了，不出事才怪呢！"所以大家都不敢喝。张飞一看大家都不喝，心里有三分不高兴，于是又喝了一大碗。然后提着酒坛子走下座位，一一给众人劝酒。大家没办法，只得喝了。张飞劝酒劝到曹豹时，曹豹说："张将军，我从生下来就不喝酒的。"张飞眼一瞪，说："你上阵厮杀，人都敢杀，哪能不喝酒？俺非要你喝一碗不可！"曹豹见张飞那个样子，又怕他发怒，只得喝了一碗。张飞劝了一遍，见各人都喝了，不由得哈哈大笑。回到座位上，换了大杯，一连喝了几十杯，不觉得已经大醉。陈登见张飞已醉，肚里只是连连叫苦。

张飞睁开醉眼看去，见众人一个个东摇西晃，都用惊恐的目光看着自己，心头不由得火起。心想："老子又没醉，瞧你们怕得这副模样！"端起酒杯又是一饮而尽，然后提起酒坛子，摇摇晃晃走下座位，又给大家劝酒。劝到曹豹时，曹豹连连摆手说："张将军，我是真的不能喝了！"张飞把眼一瞪，死死盯着曹豹说："什么，你……你不能喝……喝了？刚才你……你还喝，现在怎……怎么又耍赖了？"曹豹吓得浑身发抖，说："我……我真的不能……不能喝了。"张飞见曹豹还是不喝，不由得大怒，喝下去的酒就像点着了的火烧起来了。张飞把坛子一摔，大声喝道："你……你违抗俺……俺的军令，该打一百……一百皮鞭！来人哪，给俺拉……拉下去，狠狠……狠狠地打！"陈登一看真的要出事，急忙上前对张飞说："玄德公临走时是怎么吩咐你的？怎么都忘了？"张飞把手一挥，差一点把陈登推倒，大声说："你是文官，只管……管文官的事，俺的事你……你别管！"曹豹见陈登劝不住张飞，只得向张飞哀求说："请张将军看在我女婿的面上，饶了我吧！"张飞一听，觉得奇怪，问道："你……你女婿是谁？"曹豹回答说："就是吕布。"原来吕布的前妻是曹豹的女儿。

张飞不听"吕布"还好，一听到"吕布"二字，心中怒火更旺，骂道："吕布这个三……姓奴，狗奴才，老子正要杀……杀他！俺本……本来不想打……打你，你……却拿吕布来吓……吓俺，俺……今儿非……非打你不行！打你，就……就是打……打吕布！"然后对手下的军士大喝道："给俺拉……拉下去打！"众人都上来劝告，哪里劝得住，一连打了五十鞭，打得曹豹皮开肉绽，连声惨叫。众人见曹豹实在受不了，又向张飞苦苦哀求，张飞这才怒火稍息，酒也醒了一些，把手一摆，军士这才停手。张飞指着曹豹说："今天打了五十，还欠五十，老子高兴了再打！你要想报复，就跟你女婿说去吧，老子在这儿等他！"

曹豹回到家里，想到自己受此毒打，又当众受辱，心里恨透了张飞。他连夜派人给吕布送去了一封信，信中说张飞如何无礼，又说刘备已经往南阳去了，张飞又喝得大醉，可连夜带兵前

来偷袭，万万不要错过这个机会。

吕布接到曹豹的信，心中大喜。心想："这真是老天赐给我的好机会啊！"急忙率领五百骑兵，连夜往徐州赶来。到了城下，才四更天。吕布观察徐州城上毫无动静，看来城里并没有发现情况。吕布来到城门边，向城上喊道："刘使君有机密大事派人送信，快开城门！"曹豹早已做好准备，听到军士的报告，就命令军士开门。吕布一马当先，冲入城内，五百骑兵随后杀入，喊声大震。徐州城中乱作一团。

张飞手下的军士听说吕布杀入城中，急忙来报告张飞。张飞酒还未醒，还在酣睡，嘴里还说着梦话："吕布，俺……俺杀了你……你这三姓奴……"军士急了，也顾不得惹张飞生气了，抱着张飞一阵猛摇，才把张飞摇醒。张飞睁眼一看，只见两个军士正摇晃自己，不由大怒，骂道："晃你爷爷干什么，不让老子睡觉！"军士急忙报告："报告将军，吕布骗开城门，已经杀入城中来了！"张飞一听，大吃一惊，喝下的酒都变成冷汗出来了，一骨碌从床上坐起来，大叫一声："备马！"急忙穿上铠甲，抓起丈八蛇矛，跨上战马，冲出府门，迎头正碰上吕布。张飞本来不怕吕布，无奈昨晚酒喝得太多，头还晕晕乎乎的，怎么能拼斗？只得拨转马头，往东门冲去。吕布也知道张飞勇猛，不敢逼得太急。张飞的贴心部下十八骑燕将护卫着张飞，杀出东门去了。

曹豹见张飞只有十几骑护卫，又欺负张飞酒醉，于是带领百十人马赶来，边追边喊："张飞休走！留下你的狗头！"张飞一听大怒，咬牙切齿地骂道："好小子，连你也敢欺负你家张爷爷！"拨转马头，挺起蛇矛，直奔曹豹。那曹豹哪里是张飞的对手？战了三个回合，就招架不住了，回马败走。张飞再喝一声："狗东西哪里走！"拍马追上曹豹，狠狠一矛刺去，正中曹豹后心，连人带马，都捅到路边的河里去了。张飞这才算出了一口气，带领十八骑燕将，往南阳见刘备去了。

一路上，张飞又是恼怒，又是后悔，又是惭愧。见了大哥，该说什么好呢？大哥不让俺喝酒，俺不但喝了，而且喝得大醉；大哥不让俺打人，俺不但打了，而且打的还是曹豹；大哥叫俺事事听别人劝告，俺又听了谁的劝告呢？如今徐州丢了，大哥的妻子、小孩儿都失陷在城里了，俺还有什么脸面去见大哥呢？

再说刘备、关羽与袁术交战，驻扎在盱眙。这一天，二人正在帐中商议战事，忽见张飞慢慢走进帐来，满身尘土，衣服不整，一脸羞愧的样子。张飞一见刘备、关羽，"扑通"一声跪倒在地上，大喊一声："大哥、二哥！"就再也说不出话来，两行热泪止不住流下来。刘备、关羽见张飞这个样子，都大吃一惊。刘备急忙上前扶起张飞，问道："三弟，你不好好守卫徐州，到这里来干什么？"张飞抬起头，睁开泪眼，说："大哥，俺对不起你呀！"话刚说完，泪如泉涌。关羽听张飞这么一说，更是吃惊，连连催促张飞快说。张飞这才把如何打曹豹，曹豹如何做内应，让吕布偷袭徐州，自己如何杀死曹豹逃了出来等事情，结结巴巴说了一遍。这时刘备手下的谋士、将领都走进帐来，听说徐州被吕布夺了，都大惊失色。过了半天，刘备才缓缓叹了口气说："得到徐州有什么欢喜？失去徐州又有什么值得忧虑的呢？"关羽忽然想起一件事，急忙问张飞："嫂嫂现在在什么地方？"张飞低下头，低声说："都陷在城里了。"关羽一听，把脚一跺，说道："唉！你当初要守徐州时是怎么说的？大哥又是怎么吩咐你的？如今你酒也喝了，人也打了，城也丢了，嫂嫂也被困了，你还有什么脸面来见大哥？"张飞听二哥这么一顿责备，羞愧得无地自容，大叫一声："二哥，你别说了！是俺错了！俺以死赔罪！"拔出宝剑，就要往脖子上抹去。刘备急忙上前抱住，夺过宝剑，扔在地上。关羽也拉着张飞说："三弟，二哥说你几句，你就受不了啦？大哥的妻儿都生死不明，难道大哥心里就好受吗？"刘备轻轻擦去张飞的泪水，缓缓说道："古人说'兄弟如手足，妻子如衣服'。衣服破了还可换一件，手足断了怎能续？我们兄弟三人桃园结义，不求同生，但愿同死。我们怎么忍心让贤弟离我们而去？再说徐州本来就不属于我，丢了城池，又有什么关系？三弟仅仅是一时疏忽，怎能为此小错而抛弃生命！三弟如果离我们而去，你大哥、二哥还能活下去吗？"刘备说完这番话，已是泪流满面，关羽也是热泪盈眶。张飞再也忍不住了，高喊一声："大哥、二哥！"跪在地上，放声大哭。刘备、关羽急忙上前扶起，他们的泪也交织在一起。

张飞慢慢止住哭声，他抹去脸上的泪水，望着徐州的方向，心里默默地说："吕布，你小子等着吧，俺张飞不报这夺城之仇，誓不为人！"

运用计谋，活捉刘岱

· · · ·

　　刘备被吕布夺了徐州，前面又有袁术大兵压境，进退两难，只好到许都投奔曹操。

　　曹操见刘备前来投奔，表面上很热情，暗地里却控制得很严。特别是曹操消灭掉吕布之后，更加紧了对刘备的控制。这一切刘备当然很清楚，因此表面上装作安分守己，心里却在盘算，怎样找个机会脱离曹操的控制。

　　一天，徐州方面传来消息，说是袁术因为势单力孤，准备去投奔他哥哥袁绍，要从徐州经过。刘备得到这个消息，便去向曹操请战，要求去徐州截击袁术。曹操同意了刘备的请求，同时派大将朱灵、路昭一同前去，以监视刘备。

　　刘备率关羽、张飞、朱灵和路昭来到徐州，正好截着袁术。一场大战，张飞奋勇杀敌，刺杀了袁术手下大将纪灵，刘备领兵乘胜追击。袁术大败后，在逃跑途中病死。战斗结束后，刘备给曹操写信说明情况，令朱灵、路昭回许都向曹操禀告，自己和关羽、张飞则留下军队驻扎在徐州。

曹操收到刘备的信，见朱灵、路昭没带兵马回来，心中大怒，心想："刘备这不是想造反吗？"就要派兵去攻打刘备。忽然探子来报，说袁绍起兵来讨伐曹操。曹操一时倒很为难，想了半天，想出一个"虚实并举"之计：一方面自己率领大军去抵抗袁绍；另一方面则派刘岱、王忠两员大将率兵五万，打着曹操的旗号，去徐州牵制住刘备，等打败袁绍，再调集大兵围攻刘备。

刘岱、王忠带领人马在离徐州一百里处扎下营寨，寨中竖起"曹"字大旗。刘备听说曹操亲自带兵前来，又惊又疑，心想："前几天探子报告袁绍已起兵讨伐曹操。袁绍兵力强大，难道曹操竟然不分强弱，亲自来打徐州吗？"想到这里，就问关羽、张飞说："二弟、三弟，你们谁去试探一下敌军虚实？"张飞急忙抢着说："小弟愿意去！"刘备摇摇头说："你性格太暴躁，不能去。"张飞见大哥不答应，就急了，拍着胸脯说："大哥放心，俺这一去，保证把曹操抓来！"刘备还是摇头说："事情没这么简单。"关羽说："大哥，待我前去试探一下，如何？"刘备点点头说："二弟前去，我倒很放心！"张飞虎着脸对刘备说："大哥好偏心！明知道俺喜欢打仗，就是不让俺出战！真急死我了！"刘备笑着对张飞说："三弟先别着急，等二弟回来后再跟你说个明白。"

关羽率领三千人马到刘岱营前挑战，王忠出寨迎战，大叫道："曹丞相大兵到此，还不快快投降？"关羽说："请丞相出阵，我有话跟他说！"王忠说："丞相怎么能轻易见你！"关羽大怒，纵马直冲王忠。王忠见青龙偃月刀寒光闪闪，吓得拨马就逃。关羽纵马赶上，一把就把王忠抓了过来。王忠的部队逃回营中，关羽也收兵回城。

　　刘备见关羽活捉王忠回来，随即审问，才知道曹操并没有来徐州，来徐州的主将是刘岱。王忠被押下去之后，刘备高兴地夸奖关羽说："云长真是我的好兄弟呀！"关羽笑着说："我想大哥可能打算跟曹操和好，所以才活捉王忠。"刘备点头说："不错，目前我们的实力跟曹操相差太远，而且部队以前又是曹操的部下。我想王忠这种人，杀了没什么好处，留着倒也可以作为和解的条件。我恐怕三弟性情暴躁，下手又狠，八成会杀了王忠，所以我才不让三弟去。"说到这里，刘备转过头来对张飞说："三弟，这回你可明白了？"张飞哈哈一笑，说："俺喜欢直来直去，大哥不说，俺哪能知道。大哥只要跟俺说一句'要抓活的'，不就好了？"刘备、关羽都笑了起来。张飞又拉拉刘备的胳膊说："大哥，二哥活捉了王忠，立了头功，你就让俺去把刘岱那家伙也捉来吧！"刘备看看张飞那着急的样子，就对张飞说："刘岱不是王忠所能比得了的。当年他是兖州刺史，讨伐董卓时也是一镇诸侯。三弟前去，万万不可轻敌。"张飞鼻子一哼，说："像刘岱这种人，哪里值得一提！俺也跟二哥一样，把他活捉过来就是了！"刘备说："我就怕你害了他性命，到最后误了和解大事！"张飞举起手来，在自己的脖子上砍了一下，说："要杀了刘岱，俺来偿他的命！"刘备笑了，说："三弟千万小心！"张飞率领三千人马出城去了。

　　再说刘岱，知道王忠被擒，又听说张飞领兵出城，心中大惊。他知道自己不是张飞的对手，因此命令士兵坚守营寨，不可出战。

　　张飞领兵来到阵前，本想两三个回合就把刘岱活捉过来，好回去向刘备交差，不料刘岱营中竟无一人出战。张飞喊刘岱出来应战，刘岱营中也无人理睬。张飞大怒，挑选了一百个高喉咙大嗓门的士兵，然后给他们下达命令："你们听着！现在你们是俺的'骂兵'，你们的任务就是骂阵，骂得越难听越好，骂得越狠越好！能把刘岱那小子骂出来，给你们记大功一件！要是骂不出刘岱，小心你们的屁股！"当下又选了一个能说会道的士兵作为"骂军"队长，命他编出骂词，率领"骂军"骂阵。

张飞回到帐中，一个劲地生闷气，心想："二哥一出城就捉了王忠，偏偏俺老张就这么不顺手。刘岱这小子也太狗熊了，听到俺老张就吓坏了。他要是真的不出来该怎么办？"一时间想不出什么好办法，更是焦躁。又听到帐外鼓声、锣声响成一片，骂声震天，心里又是一乐，心想："也许能把那小子骂出来。"想到这儿，命令帐中士兵搬酒出来，独自喝了起来。

张飞刚喝了两碗酒，只见"骂军"队长苦着脸进来报告："报告张将军，我们骂了一个多时辰，刘岱营中还不见动静。"张飞一听，眼一瞪，问道："你们怎么骂的？""骂军"队长说："我们骂的是'刘岱刘岱，酒囊饭袋，缩头乌龟，不敢出寨'！"张飞一听，"嗯"了一声，说："词儿倒不错，只是还不够狠。你们骂他祖宗没有？"队长一愣，说："那倒没有。"张飞把酒碗往桌子上一摔，骂道："混蛋！怎么不骂他祖宗？要把他爹、他娘、他爷爷、他奶奶，把他十八代祖宗都给俺骂过来！快去！"队长连连答应："是！是！"急忙跑出帐去，又挖空心思，编新的骂词去了。

张飞这骂令一下不打紧，刘岱的一家可就倒了大霉。不一会儿，帐外鼓声、锣声又响，骂声又起。

骂声伴随着锣鼓声，直冲云霄，气势更加雄壮："刘岱祖宗，都是孬种！传下后代，还是孬种！""刘岱他爷，嘴歪眼斜！生个孙子，变作老鳖！""刘岱他爹，心肠太黑！生个儿子，变个乌龟！"一时间，刘岱一家名声大噪，特别是刘岱，更是无人不知，无人不晓。张飞在帐中一边喝酒，一边欣赏这骂声。尽管这骂声都是脏言脏语，难以入耳，而且连喊带叫，毫无韵律，但是张飞听起来却比什么乐曲都好听。听到骂声精彩处，禁不住拍案叫绝："好！骂得好！"端起酒碗，连干三大碗，自言自语地说："好你个刘岱，俺就不信你能忍得住！等你这乌龟一伸头，"他左手往前一抓，好像真的抓住了一只伸头的乌龟，"嘿，老子就一把抓住你，看你小子往哪里跑！"

刘岱这个人还真能沉得住气。尽管张飞的"骂军"把他的全家、他的十八代祖宗骂了个天昏地暗，狗血喷头，他还是稳坐帐中，就是不出战。是不是刘岱的耳朵不太好，听不清骂声呢？不是。是不是刘岱修养特别好，对别人的辱骂不在乎呢？也不是。说穿了，他是怕死！你想，他要是一出战，碰到张飞那支追魂夺命丈八蛇矛，他还能保住小命吗？他盘算来盘算去，祖宗当然很重要，但自己的脑袋更重要，他宁可不要祖宗，也得保住脑袋！"骂军"的骂声很难听，但是张飞的蛇矛更可怕，所以他宁愿挨骂，也不愿意去碰张飞的蛇矛。

张飞的"骂军"一直骂了三天三夜，骂手们喉咙肿了，嗓子哑了，屁股也打烂了，队长的骂词也用完了，结果还是没把刘岱骂出来。第三天晚上，"骂军"队长哭丧着脸来见张飞："报告张将军，小人该死，那刘岱还是没骂出来。看来他是王八吃秤砣——铁了心啦！小的本事也用完了，就是将军把小的屁股打成肉饼，小的也想不出新招了！"说完，嘴一咧竟哭了起来。没想到张飞听了报告，哈哈一笑，说："好，你们骂得不错，给俺出了口闷气！你们也累了，赏你们十坛好酒，都喝酒去吧！""骂军"队长一听，又惊又喜，不但屁股没打，还赏给酒喝，这真是天大的福气！他急忙退出帐外，率领"骂军"到后营喝酒去了。

张飞打发走了"骂军"队长，一个人在帐中喝酒解闷，冥思苦想，想得头都疼了，也没想出什么妙计来，急得他在帐中走

来走去，搓手掌，拧大腿，摸耳朵，捶脑袋。忽然，张飞猛地站住，怔怔地想了半天，突然一拍大腿，大叫一声："好！就这么办！"随即喊道："来人哪！"负责警卫的贴身侍卫队长急忙进帐，问道："张将军有什么吩咐？"张飞招招手，叫侍卫队长走近，然后对着他耳朵嘀咕了一会儿，最后说："这件事你自己去办，办好了有赏！要走漏了风声，小心你的脑袋！"队长连连应道："是！是！我不敢拿脑袋开玩笑。"张飞哈哈一笑说："这就好！快去办吧！"等侍卫队长走了以后，张飞越想越得意，忍不住又喝了三大碗酒。

第二天一早，张飞击鼓升帐。众将列队参见完毕，张飞大喝一声："来人！把军中奸细带上来！"众将一听军中有奸细，都觉得奇怪。只见侍卫队长押着一个兵，进帐报告："报告张将军，奸细带到！"张飞把案子一拍，大声喝道："你如何向刘岱通风报信，如实招来！"那士兵惊慌失措，连声喊道："张将军，冤枉啊！小人从来没给刘岱通风报信哪！"张飞眼一瞪，又把案子一拍，大声问道："你是哪里人？"那士兵一愣，回答说："小的是兖州人。"张飞一听这话，拍案大叫："你还不认罪！刘岱那小子过去是兖州太守，你又是兖州人。你二人同乡，你还能不通风报信！怪不得刘岱不敢出来，原来是你捣的鬼！来人，拉下去重打一百皮鞭！"那士兵连喊"冤枉"，但张飞毫不理睬。随即发布命令：今天夜里前去劫寨。众将领命去了。

那士兵被拉下去，噼里啪啦，打了几十皮鞭，打得那士兵连声惨叫。这边张飞又走过来，抢过皮鞭，狠狠打了几十皮鞭，打得那士兵哭爹喊娘。张飞打完了，把皮鞭往地上一摔，骂道："你小子听清楚了：老子今天夜里去劫寨，杀死刘岱，看你还怎么通风报信！俺今夜出兵时，杀了你的狗头来祭旗（古代出师前举行的一种祭祀仪式）！"说完，气冲冲地走了。

那士兵就因为是兖州人，平白无故挨了顿毒打，心里恨透了张飞，又想到张飞今晚发动劫寨前还要杀了自己祭旗，真是又怕又急。他使劲挣扎了几下，觉得绳索好像不是很紧，又挣了几下，居然挣开了。他耐着性子等到傍晚，乘人不注意，悄悄溜出营去，居然也没遇到有人拦他。出了营门，一溜烟向刘岱营中跑去，向刘岱报信去了。

刘岱听了那士兵的报信，半信半疑，心想："会不会是张飞派人来诈降？"再看那士兵，只见他遍体鞭伤，心中倒有八成相信了。但他还是不放心，突然大喝："张飞明明派你来诈降！你敢来骗我，好大的胆子！"那士兵见刘岱怀疑，又急又怕，边哭边说："小人只因与将军是同乡，才受此毒打。小人冒死前来报信，是怕将军遭了张飞的毒手。如果连将军也不相信我，哪里还有我的活路啊！"说完放声大哭。刘岱见那士兵情真意切，这才相信。看看天色已晚，快到一更时分，急忙传令，叫部下将士留下空营，埋伏在营寨外面，待张飞来劫寨时，四面伏兵杀出，定要活捉张飞。

张飞营中，将士也早已做好准备。一更过后，探子来报，说刘岱营中军队已开始移动。张飞大喜，知道刘岱已经中计，随即传令：兵分三路，中路三十余人，首先冲入敌人营中放火，然后穿营而过；左右两路分别从两边包抄，等刘岱伏兵杀入寨中后两边夹击，不得有误；张飞自己则率领精兵，截断刘岱逃往许都的退路。张飞传令已毕，三路兵马分头行动去了。

二更过后，三路兵马一起出发。中路三十多人组成的"放火队"首先冲入刘岱营中，四处放火，营中顿时烟火冲天。刘岱见营中起火，立刻命令埋伏的军队向营中杀去，冲到营中一看，却看不到一个人影。刘岱大叫："不好，中了张飞的计了！"猛听得一声炮响，左右两支人马杀来，把刘岱的军队围在营中。黑夜之中也不知张飞的军队到底有多少，只听得喊杀声四起，震天动地。刘岱的军队大乱，四散逃命。刘岱带着一支残兵，冲开一条路，往许都方向逃去。刚逃出几里路，迎面一支军队拦住去路。当先一员大将，威风凛凛，杀气腾腾，正是张飞！这一下可把刘岱吓得屁滚尿流，骨头都酥了！心里暗暗叫苦："我的妈呀，到底还是没躲过张飞！"张飞挺矛冲来，刘岱无可奈何，只得挺枪招架。只听得"当"的一声，刘岱就觉得胳膊震得发麻，手中那支枪也不知飞到哪里去了。刘岱头一晕，心想："完了，这条命是没有了！"猛觉得脖子一紧，身子已被人抓了起来，只听张飞哈哈大笑："刘岱小儿，看你还跑不跑？！"

刘备听到张飞活捉刘岱，亲自出城迎接。张飞满面春风，昂头挺胸，好不得意！刘备笑着对张飞说："三弟一向莽撞粗鲁，这回倒也会运用智谋，真是可喜可贺！"张飞哈哈大笑，瞪大眼睛问刘备："大哥老说俺暴躁，这回怎么样？"刘备见张飞那认真又得意的样子，忍不住笑了，说："我要不用话激你，你怎么肯动脑子想点子呢？"张飞一听，大叫了一声，说："闹了半天，俺好不容易想出来的妙计是给大哥激出来的呀！"兄弟三人同时放声大笑。

刘备放刘岱、王忠回许都，并对二人说："我受丞相大恩还没报答，怎会反叛呢？请二位将军替我在丞相面前解释一下，那我就非常感激了。"

刘岱、王忠出了徐州，走了还不到十里路，一声鼓响，只见张飞挺矛拦住去路。刘岱、王忠吓得浑身发抖，结结巴巴地说："张……张将军息怒，是……刘使君放……放我们走的。"张飞大喝："放屁！俺大哥怎么会这么糊涂？抓住你们这两个家伙，怎么还会放了？就算俺大哥放了，老子可没放！"张飞咬牙瞪眼，挺矛上前，就要动手，猛听一声大喝："三弟住手！"张飞抬头一看，原来是二哥关羽。关羽催马来到跟前，说："大哥放二位将军回去，三弟为什么不听大哥命令？"张飞眼一瞪，说："这回放走了，下回又来了，干脆杀了干净！"关羽微微一笑说："等他们再来，三弟再杀他们也不晚。"刘岱、王忠连连求饶说："就是曹丞相把我们祖孙三代老婆孩子都杀了，我们也不敢来了！"张飞"哼"了一声说："就是曹操来，俺也杀他个片甲不留！这回就饶了你们两个！滚吧！"刘岱、王忠听到张飞说"滚"，急忙抱头鼠窜而去。

等刘岱、王忠二人跑远了，只听一声大笑，刘备骑马从大道旁的小路走出来，说："三弟好威风！这一吓，谅他二人再也不敢来了！"张飞一拍后脑勺，叫道："好啊！原来是大哥用的'杀鸡儆猴'之计，偏偏让俺当恶人，让二哥当好人！"关羽微微一笑说："刘岱、王忠是不敢再来了，但曹操决不会善罢甘休。我们还要早做准备。"刘备点点头说："二弟说得不错，曹操肯定还会再来。"张飞一拍大腿，大声说："好啊！曹操来了最好！俺的计策才用了一条，等曹操来了，让他也尝尝俺老张的妙计！保证杀他个屁滚尿流！"

暂栖芒砀山，以待时机
· · · ·

　　曹操见刘岱、王忠败回，心中大怒，亲自率领二十万大军，兵分五路，杀奔徐州，来攻打刘备。

　　刘备自放走刘岱、王忠以后，也赶紧进行准备，以应付曹操的进攻。刘备自知与曹操兵力相差太远，因此重新调整了部署。刘备命孙乾、糜竺等留守徐州，命关羽驻守徐州东南方的下邳，自己则和张飞驻守在徐州西南方的小沛。这样，一方面三个地方可以互相支持；另一方面也可以避免被围困在一处而难以撤退。

　　曹操进攻徐州的兵马一出发，早有探子把情况报告刘备。刘备得知消息，急忙和张飞商量迎敌的办法。刘备问张飞："曹操大军很快就要来到，三弟有没有什么办法抵挡曹兵？"张飞一听说曹操要来，哈哈大笑说："大哥，上回俺跟你说过，捉刘岱的妙计才用了一条。这回曹操来，也让他尝尝俺的妙计！"刘备见张飞一副胸有成竹的样子，也不知他到底有什么妙计，笑着催他说："三弟有什么妙计，请快快讲来！"张飞捋了一把乱蓬蓬的胡子，忽然变得文雅起来，慢条斯理地说："小弟常听大哥讲兵法，什么'百里而争利，则擒三将军；五十里而争利，则蹶上将军'，这是什么意思？"刘备一听，觉得张飞挺爱学习，连《孙子兵法》（中国古代最著名的、现存最早的兵书。春秋末期孙武著）里的话竟然也记住了，于是解释说："这两句话是说，如果加快速度行军，跑上一百里去争夺利益，那么三军将领就可能被对方擒捉；如果跑上五十里去和敌方争夺利益，那么前方将领就会受到挫败。"张飞又问："大哥，那个'蹶上将军'的'蹶'是什么意思？"刘备说："'蹶'是'跌倒'的意思，这里是说被对方挫败。"张飞一拍大腿说："对，就是跌倒的意思！大哥，你想曹操从许昌到徐州跑了几百里，何止五十里？那还不把他累蹶了，还能不败？他跑了几百里路来抢大哥的地盘，'擒三将军'，那还不是说，他的大将、小将、乌龟王八将统统都要被逮住！大哥，你放心，照《孙子兵法》说的，这一仗必胜无疑！"刘备见张飞说得口沫横飞，最后竟然说"必胜无疑"，他实在不知道这位莽三弟凭什么就断定"必胜无疑"，于是问道："三弟到底有何妙计可以必胜？"张飞睁大眼睛看着刘备，"咦"了一声说："大哥怎么还不明白？曹操的兵马跑了几百里路，肯定累蹶了！咱趁他立足未稳，兵困马乏，今夜前去劫寨，还不杀他个屁滚尿流？还不擒他个三将军？"

刘备听张飞这么一说，又考虑了一下，觉得张飞这条计策确有道理。张飞见刘备低头思考，倒有些不高兴了，说："大哥，你是瞧不起俺这条计？"刘备瞧张飞那副急不可耐的样子，忍不住笑了，说："平常我们以为三弟只是个勇夫，现在看来也懂兵法韬略。上次擒刘岱，三弟已很会用计；今天三弟这条计策，也很合乎兵法。很好，很好！曹操远来，应当用这条计策。"张飞听大哥夸赞这条计策"很好"，而且连说两个"很好"，高兴得连胡子都翘了起来，头也晕乎乎的。要不是晚上要去劫寨，张飞真想喝上十大碗酒。

夜幕降临，初春的寒风吹来，带着一股股肃杀之气。天空中月色微明，星光迷蒙。刘备和张飞分兵两路，往曹操营寨进发。

张飞骑在马上，领着队伍走在最前面，一边走，一边想："曹操这家伙肯定是累蹶了，这会儿一定在帐中呼呼大睡。待会儿等俺老张冲进营寨，杀入帐中，他恐怕还没睡醒呢。老子大喝一声，上前一把抓住，看他还往哪里跑？捉了曹操回去献给大哥，保准头功一件！"张飞越想越得意，越想越高兴。要不是去劫寨，他早笑出来了。

不一会儿，来到曹操营寨前，只见寨中灯火点点，异常安静。张飞把手往前一挥，士兵齐声呐喊，冲向寨中，张飞率领轻骑，一马当先，冲在最前面。冲到寨中一看，只见稀稀拉拉的没多少人马。张飞一愣，觉得事情好像有点不妙。正在这时，只见营寨四周火光冲天，喊声大起，曹军从四面八方向营寨杀来。张飞狠狠骂了一声："中了曹操这贼子的计了！"急忙向寨外冲去。这时曹兵已把张飞的队伍围得水泄不通。张飞的队伍本来都是刘备征袁术时从许都带来的曹兵，这时见形势危急，都投降了。张飞的身边只剩下从涿郡带来的十八骑燕将。好个张飞，形势越是危急，越是激发了他那凛凛虎威。只见他在铁桶般的包围中左冲右突，前后拼杀，一杆丈八蛇矛犹如巨蟒摆动，无人敢挡。十八骑燕将紧紧跟定张飞，刀砍枪刺，奋不顾身。张飞舞动长矛，杀开一条血路，十八骑燕将护卫着张飞，突围而去。张飞本打算杀回小沛城，却被曹兵截住去路；到徐州、下邳的去路也被曹操率领精兵挡住。张飞无可奈何，只得率领十八骑燕将奔芒砀（今河南永城东北）而去。那边刘备劫寨也遭曹兵围困，刘备杀出重围，见小沛、徐州、下邳都不能去，只得往河北投奔袁绍去了。

张飞带着十八骑燕将杀出重围，一阵疾驰，甩开追兵，耳听得后面的喊声越来越远，料想曹兵再也追不上了，这才放慢速度，缓缓而行。张飞边走边想，越想越窝囊，越想越后悔，越想越生气，心里暗暗骂自己："张飞啊张飞，你这条劫寨之计可真妙啊！你自己吃了大亏不说，连大哥都给你坑了！你这是什么狗屁妙计！"骂了自己一通，又挂念起大哥、二哥来："大哥会投奔哪里呢？二哥能不能打败曹操呢？唉，一点消息都不知道，可真急死俺老张了！"

天亮的时候，张飞和十八骑燕将来到了芒砀山。芒砀山方圆数十里，分为芒山和砀山，北为芒山，南为砀山，山势峻峭，山路崎岖。两山之间又夹杂着片片水泽，林木茂密，野草丛生，人迹罕至，显得十分荒凉险恶。那些被恶霸逼迫之人，官府追捕之人，杀仇避祸之人，走投无路之人，往往逃奔山中，落草为寇，所以芒砀山历来是强盗出没的地方。这些情况，张飞也听人说过，想不到今天亲临其境。张飞看看山中荒凉的景象，摇头苦笑说："想不到俺老张堂堂的领兵大将，如今竟然要落草做强盗了，可笑啊！可笑！"

那跟随张飞的十八骑燕将乃是张飞涿郡起事时从家乡带来的十八员勇将，多年来随张飞南征北战，出生入死，从不分离。名义上虽有将士之分，实际上跟兄弟一样。十八骑燕将都把张飞当作自己的亲大哥看待，这时见张飞有点闷闷不乐，便七嘴八舌上去劝说。其中有一人，也姓张，排行第六，人称张六，颇有智谋，能说善道，他等大家都说完，然后对张飞说："将军，你这次来到芒砀山，可真是好兆头啊！"张飞心里正不好受，猛听张六说是好兆头，忙问："张六，你说说，俺老张兵败来到芒砀山为啥是好兆头？"张六不慌不忙地说："我汉朝开国皇帝汉高祖刘邦，当年曾在这芒砀山中拔剑斩蛇，留下美名！汉高祖起兵

之前，就是隐避在这芒砀山中，积蓄力量，后率众起兵，一举破秦，建立我汉朝四百余年的基业。现在将军也入芒砀山，与汉高祖当年十分相似。依我看来，将军如果能在此积蓄力量，等待机会起兵，日后必定能保刘皇叔兴复汉室，建立大功！"这一番话说得张飞顿时兴奋起来，哈哈一笑说："好，俺老张就信你的！咱们就先在这芒砀山中住上几天，俺老张就先做几天山大王吧！"于是众人往山中进发，寻找安身之处。

张飞一行人顺着山中小路往前走，走了十多里路，猛听得前面山坡上一阵锣响，跳出几十个人来。这些人有的拿刀，有的拿枪，有的拿竹竿，有的拿棍棒，齐声大喊："快快留下买路钱，饶你们性命！"张飞听这些人一喊，一开始吃了一惊，以为中了曹操的埋伏。再仔细一看，这些人服装不齐，武器杂乱，才知道遇上了山里强盗。于是哈哈一笑，纵马上前，大声喝道："你们敢要爷爷的买路钱？老子便是燕人张翼德！不怕死的都上来吧！"说完勒马横矛，只等厮杀。

那伙强盗猛听得张飞大声一喝，犹如半空中打了个响雷，一个个吓得浑身一抖，张嘴瞪眼；再仔细一看，这人豹头环眼，虎须倒竖，手提蛇矛，不怒自威，不是虎牢关前大战吕布的张翼德又是哪一个？众人愣了一会儿，忽然领头的两人"扑通"一声跪倒在地，连连磕头说："张大将军，小人有眼不识泰山，真是该死，请张大将军饶命！"他们两个这么一跪，后面的几十个也都跟着跪下来，连叫饶命。张飞喝问："你们都是些什么人？快快如实讲来！"领头的那两个人说道："小的都是被逼得走投无路，这才来到芒砀山中落草。张大将军如果不嫌弃我们，我们情愿让将军做我们的大王，为张大将军效力卖命！"张飞一听这话，心里禁不住一乐，心想："刚才还说什么做山大王，想不到转眼就应验了。"扭头看了一眼张六，只见张六正看着自己微笑，张飞忍不住也笑了，转过脸去对那些人说："你们既然诚心让俺做大王，俺老张就做几天大王。以后俺还要回去帮俺大哥刘皇叔兴复汉室，你们愿不愿意随俺同去？"那些人大喜，连连笑道："愿意！愿意！大王走到哪，小的们就跟到哪！"张飞哈哈一笑，大声说："你们前边带路，到山寨去吧！"

张飞提矛上马，向前行进。一行人左右护卫，前呼后拥，虽赶不上阵前统领千军万马的气派，但也很有些山大王的威风！张飞暗暗咬牙说："好小子曹操，你等着吧，等俺老张喘过气来，攒足了劲儿，再杀你个屁滚尿流！君子报仇，十年不晚！早晚要叫你小子知道俺老张的厉害！"

劫后重逢，兄弟情更深
· · · ·

　　张飞做了芒砀山山大王的消息没多久就传遍了芒砀山。张飞的大名哪个不知，哪个不晓？那些来芒砀山落草的人听说这个消息，纷纷前来投奔。一个月的时间，张飞的山寨中已聚集了一二百人。

　　这一个多月里，张飞不断派人出去打听刘备、关羽的消息。有的消息说，刘备投奔袁绍去了；有的消息说，徐州已被曹操占领，关羽下落不明；还有的消息说，关羽投降了曹操，听说曹操对待关羽还挺不错。张飞听到这个消息，气得连骂"放屁"，把打探消息的小喽啰也连带着骂了一通。

　　又过了一段时间，传来的消息更坏，说是关羽确实投降了曹操，还帮曹操杀了袁绍的两员大将颜良和文丑。袁绍一生气，差一点就把刘备杀了。后来刘备答应去招关羽来投袁绍，袁绍才没杀刘备。据说关羽后来又去汝南平定叛乱，刘备可能也到汝南招降关羽去了。

张飞听到这个消息，气得半死，暗暗骂道："关羽啊关羽，当初咱们桃园结义时说什么来着？有福同享，有难同当，背恩忘义，天地不容！如今倒好，你投降了曹操，享你的荣华富贵去了，却差一点把大哥的命都给送了！你好狠心哪！俺老张下次再碰到你，一矛戳你个透心凉！"张飞又气关羽，又挂念大哥刘备，再也等不及了，心想："俺老张得赶快去找俺大哥！"决心一定，随即带领十八骑燕将，出了芒砀山，往汝南方向而去。

张飞和十八骑燕将在路上行了几日，进入一片山区，放眼望去，只见山峦起伏，却看不到一个村庄。这时，张飞他们随身带的粮食、银两都用完了。张飞不禁有些发愁，心想："大哥还没找到，还不知要走多少日子，往下可怎么办？"又走了半日，人困马乏，走得更慢了。忽听张六叫道："将军，前方似乎有一座城池！"张飞急忙瞪眼远眺，果然见前方群山之中露出一角城楼。张飞大喜，催马带人往前赶去。走了好半天，终于来到城边。抬头一看，城门上方有两个大字"古城"。进得城一看，原来这座城不大，也不热闹，只是一座普通山城。

张飞问张六："我们现在需要粮食和钱。你有什么好主意，快快讲来！"张六想了一下说："将军，我看城中百姓穿戴破烂，面黄肌瘦，想必是生活贫困，我们更不能去找他们借粮借钱。小的想有一个人肯定有钱有粮，但不知将军敢不敢去借？"张飞睁大眼睛急忙问："他是谁？"张六说："县官。"张飞一听，哈哈大笑说："千军万马老子都不怕，难道还怕一个小小的县官？不错，这里的人这么穷，肯定是这狗官害的！老子今天就要找他要钱要粮！走哇！"说着带领十八骑燕将直往县衙门而来。城里的百姓忽然见到张飞这么一帮人，军队不像军队，强盗不像强盗，不知他们要干什么。见他们直往县衙门走去，都慢慢跟了上来，

想看看到底是怎么一回事。

来到县衙门前，张飞命十人留在外面看住马匹，自己带着八人直闯大门。把门的两个衙役上前伸手阻拦，说："站住！这是县衙，不许随便入内！"张飞眼一瞪，大喝一声："老子就是要进去！"两手往外一拨拉，只听得"咕咚""咕咚"两声，那两个衙役早摔倒在地上。张飞也不理睬这两个家伙，大踏步跨进大门，拿起鼓上的鼓槌，狠狠地敲了起来。只听"咚咚噗"三声，那鼓却不响了。原来张飞力量太大，把鼓给敲破了，气得张飞直骂："什么鸟鼓！简直是纸糊的！"

县官正在后堂休息，忽然听到有人击鼓，而且只响了两声半，觉得很奇怪，急忙叫人升堂。只听众衙役高喊一声："威——武——"那县官走上堂来。张飞睁眼看去，只见那县官獐头鼠目，尖嘴猴腮，螳螂腰，蚂蚱腿，活像一副骨头架子，浑身也不过三四十斤肉。县官把惊堂木一拍，尖声尖气地说："何人击鼓！给我带上堂来！"张飞大喝一声："是老子击鼓！"大踏步走上堂来。县官给张飞这一声大喝，耳朵震得"嗡嗡"直响，吓得浑身哆嗦，又听得"嗵嗵"的脚步声，震得大堂直摇晃。县官急忙探起身子往前看，只见一个铁塔般的大汉正向自己冲来，吓得他急忙尖叫一声："快拦住他！"两旁的衙役赶快伸出棍棒去拦，张飞伸胳膊一架，只听"乒乓""哎哟"一阵乱响，那些衙役有的棍棒脱手，有的歪倒在地。张飞也不往两边看，直走到县官的案子前，瞪大眼睛盯着县官。那县官被张飞看得头皮发麻，心里发毛，浑身发抖，结结巴巴地问："将……将军高姓大……大名？因何……何事光……光临？"张飞瞪着县官说："老子是燕人张翼德！今天来找你借钱借粮！"县官一听，暗暗叫苦，心里说："我的妈呀，你这不是要我的命吗？"官仓官库的钱粮如果丢失，是县官的大过失；如果借给强盗流寇，那更是私通匪人、意图谋反的罪名，轻则罢官，重则杀头，那县官如何敢借？张飞见县官不说话，又追问一句："你借还是不借？"那县官苦着脸，装出一副可怜相，哼哼唧唧地说："并非下官不愿借给将军，只因敝县地处山地，又加之连年歉收，实在无钱粮可借呀！"张飞一听，心头火起，一拍案子，大喝道："放屁！这么大一座城，怎么会没有钱粮？老实告诉你，今天你借也得借，不借也得借！"张飞一把抓住县官的领子，像老鹰抓小鸡一样，说："走！给我取钱粮去！"那县官一看张飞要来硬的，也顾不上县官的架子了，连连给张飞作揖说："张将军，敝县确实钱粮紧缺，你就饶了下官吧！将军若不信，可以问他们。"说着用手指了指堂下的衙役。那些衙役咕咕哝哝地说："是啊，是没多少钱粮啊。"张飞"哼"了一声，心想："这点小把戏能骗过俺老张！"心里一动，抓起县官往大堂外走去。那县官还以为张飞要杀他，吓得连叫："饶命啊，将军！"

张飞把县官提到衙门口，往地上一放，向围在衙门口的百姓说道："众位乡亲，俺是燕人张翼德，今天来到古城。现有一件事要问大家。"围观的百姓一听说是张飞，又惊又喜，想不到虎牢关大战吕布、名闻天下的张飞竟然来到这里！大家急忙回答："将军请问！"张飞指着趴在地上的县官说："俺来借粮，他却说仓中无粮。众位乡亲，他手里有没有粮？他是个清官还是个昏官？"那县官听张飞这么一问，想起自己平时干的坏事，可吓坏了，心想："我的妈呀！他不但要借粮，还要为民除害哩！这下我可完了！"直吓得浑身哆哆嗦嗦如筛糠，两腿发硬手冰凉。大家听张飞这一问，又见县官那个样儿，哪还怕他？于是七嘴八舌说道："是昏官，是昏官！""他怎么会没粮？古城的地皮都让他刮了三尺！""他还私加赋税，搜刮民财！""他还强夺民宅，给自己修花园！""他贪赃枉法，偏袒有钱人，欺压穷苦人！"……

张飞听了老半天，越听越气，把大手一摆，大声说："好，俺老张知道了，这家伙是个昏官！"左手抓起县官，右手一挥，对十八骑燕将和周围的百姓说："都到大堂上来！"大家跟在张飞后面而入。

张飞来到大堂，把县官往地上一放，对十八燕将说："你们给我当一回衙役。"随即大步走上堂去，往县官的位子上大模大样一坐，大喝一声："升堂——！"十八骑燕将忍着笑，也跟着大声喊："威——武——"张飞把惊堂木重重一拍，指着堂下的县官喝道："查你这狗官，搜刮民财，抢夺民宅，欺压百姓，贪赃枉法，还竟敢糊弄俺老张，实在是昏官一个！俺老张今天就罢了你的官，重打四十大板！打了屁股，快快滚出古城！如果再见到你，决不轻饶！"张飞宣判完毕，堂下百姓齐声欢呼。那县官虽然被打烂了屁股，却捡了一条活命，提着裤子狼狈而去。

张飞干了一件痛快事，十分开心，当晚与十八骑燕将开怀畅饮。正在饮酒，张飞忽然想起了大哥刘备，不由得心里一酸，放下酒碗，长叹一声，说："要是现在大哥也在这里，那该多好！"十八骑燕将听张飞这么一说，都放下酒碗，心里都不是滋味。停了一会儿，张飞又说道："俺今天一时痛快，赶走了县官，给百姓出了口气，可是俺还要去寻找大哥，不能在这里做什么县官。这件事如何是好？诸位兄弟有什么主意？"大家听张飞这么一说，眼睛都盯住了张六。过了一会儿，张六开口说道："将军，我想刘皇叔不管是在河北袁绍那儿，还是在汝南刘辟那儿，总是在别人的手下，将军就是找到刘皇叔，还不是没有自己的地盘？照我看，我们先占住古城，囤积粮草，招兵买马。将军日后和刘皇叔相见，这里不也可以作为一个安身之地吗？将军，你看如何？"张飞听了这番话，想了一下，觉得也有道理，一拍大腿，说："好！就这么办！俺就先占住古城，日后再图大计！"

不知不觉，又是几个月过去了。在这几个月里，张飞囤积粮草，招兵买马，已经聚集了三五千人马，实力大增。周围的郡县、山中的强盗都知道张飞的大名，无人敢来侵犯。这段时间是古城百姓几年来过得最平安的日子了。

这一天，张飞正在察看打造兵器，忽然守城的士卒来报，说有人来见。张飞来到县衙一看，来人竟是刘备手下的谋士孙乾。张飞又惊又喜，急忙问道："孙先生，你怎么来到这里？我大哥可有消息？"孙乾微笑着说："我特来告知将军：主公已离开袁绍，投奔汝南刘辟去了。汝南离此地不远，将军不几日就可以见到主公。"张飞一听大喜。孙乾接着说："还有一件喜事，你二哥关将军从许都护送主公的两位夫人已来到这里，现在就在北门外，将军快出城迎接去吧！"张飞一听关羽来到，顿时怒火满腔，咬着牙说："好！你终于来了！"也不理孙乾，披挂上马，抓起蛇矛，带一千人马，直往北门而去。孙乾见张飞这个样子，大吃一惊，又不敢多问，只得紧紧跟着队伍出城去了。

张飞来到城外，只见远处停着一队人马车辆。张飞正在观看，只听那边传来一声龙吟般的呼喊："三弟——！"这喊声对张飞来说是那样熟悉，那样亲切，那样深情，张飞顿时觉得一阵温暖，心头一个热浪打来，两眼禁不住湿润了。但这股温暖随即一扫而空，随之而来的是熊熊怒火。只听蹄声嗒嗒，那匹千里嘶风赤兔马奔腾而来，马上一将，正是关羽！张飞一咬钢牙，大吼一声："来得好！"圆睁环眼，倒竖虎须，纵马前冲，挥矛就向关羽刺去。

关羽与张飞分别已半年有余，这近两百个日日夜夜，每天除了思念大哥，便是牵挂这个莽撞而可爱的三弟。

这次在古城相逢，关羽又是喜悦，又是激动，但他万万没料到三弟见面就是一矛，而且是那样凌厉、凶狠！关羽大吃一惊，

急忙侧身一闪，才避开这雷霆万钧般的一刺，随即勒转马头，对张飞说道："三弟为什么这样对我？难道你忘记桃园结义了吗？"张飞听关羽提起"桃园结义"，怒火更盛，大声喝道："你这无情无义之人，还提什么桃园结义？还有什么脸面跟我相见？"关羽见张飞如此愤怒，十分惊讶，问道："我如何无情无义了？请三弟明讲。"张飞见关羽惊讶的样子，心想："你装什么糊涂！"大声说："好，你听着！你背叛了大哥，投降了曹操，自享富贵，封侯赐爵，是也不是？如今你又来骗我！来来来！今天我跟你拼个你死我活！"关羽仰天长叹，禁不住热泪盈眶，对张飞说道："三弟，此事情由经过你并不清楚，为兄我也一言难尽，就是说了，恐怕你也不信。现有二位嫂嫂在此，三弟请自己去问吧！"

甘夫人和糜夫人在车中听了关羽、张飞的对话，知道张飞错怪了关羽，急忙揭开车帘喊张飞："三叔为什么这样啊？"张飞对二位夫人说："二位嫂嫂先等着，待我杀了这忘恩负义的人，再请嫂嫂入城！"甘夫人急忙说："三叔且慢动手！二叔因为不知你们的下落，不得已而暂时归顺曹氏；而二叔一知你哥哥消息，便即刻起身，千里独行，不避风险，送我们到此。三叔休要错怪了二叔。"张飞听甘夫人这么说，哪里肯信，头一昂，高声说道："大丈夫在世，哪有侍奉二主之理？嫂嫂休要被他骗了！"糜夫人说："二叔那样做，实在是出于无奈呀！"张飞脖子一挺，说："忠臣宁死而不辱！"转脸对关羽说："你既然投降了曹操，还有什么脸来相见？"

关羽见张飞认定自己投降了曹操，谁说也不信，心里又是为难，又是着急。他也知道张飞是一片忠心，但牛脾气一上来，八匹马也拉不回来，只好真诚地对张飞说："我对大哥、三弟一片真情，从没有改变，也绝无半分虚假！三弟千万不要错怪了我！"

孙乾这时也上前说道："云长不远千里，就是为了寻找主公和将军啊！"张飞眼一瞪，喝道："怎么你也跟着胡说八道？他哪里有这个好心？他来是要捉我，献给曹操，岂不又是大功一件！"

关羽问张飞："如果来捉你，为什么要让两位嫂嫂也来？为什么我不带人马？"张飞往远处一指，大声说："你的人马那不是来了吗？"关羽回头一看，果然尘土飞扬，一队人马来到，队伍中的旗帜正是曹军的旗号。张飞大怒，喝道："到现在你还支吾什么！"挺起蛇矛就刺。关羽急忙闪开，大声叫道："三弟且慢！你看我斩此来将，来表明我的真心！"张飞气呼呼地说："你要是真心，我三通鼓敲完，你就得杀了来将！"关羽说："好！"

关羽手提青龙偃月刀，观看来将，原来是曹操手下大将蔡阳。关羽纵马挥刀向前冲，大喝一声："擂鼓！"张飞挥舞鼓槌，鼓声骤起。一通鼓未完，关羽刀光闪处，蔡阳人头早已落地。关羽纵马追去，捉了一个小卒，提到张飞跟前说："我在许都的情况，三弟一问便知。"那小卒便把关羽如何土山约三事，如何怀念刘备、张飞，如何挂印封金（"挂印"是离任、辞官的意思；"封金"是把金银财宝封存起来，表示不想接受），如何过五关斩六将千里寻兄等事情，从头到尾说了一遍。张飞这才不得不信，赶快请二位嫂嫂和关羽进城。

来到县衙，相见完毕，甘夫人和糜夫人忍不住泪流满面，哭着说："我姊妹二人能活到今天，全靠二叔啊！"二人一边流泪，一边把关羽如何忍辱负重、不忘兄弟之情的事诉说一遍。张飞听罢，放声大哭，走上前去，"扑通"一声跪在关羽面前，喊道："二哥！你真是我的好二哥呀！小弟错怪你了！二哥，你就打我一顿吧！"关羽急忙扶起张飞，说："三弟快快请起！三弟一片忠心，一身正气，疾恶如仇，刚烈不屈，二哥打心眼儿里喜欢啊，哪会责怪你呢？"关羽亲切地拍着张飞那宽厚的脊背，忍不住赞叹说："真是我的好三弟啊！"张飞抬起头，虎目含泪，泪光中看去，二哥正微笑看着自己，是那样可亲可敬。张飞哽咽着说："二哥，小弟今后再也不会错怪你了！"关羽一声长笑，拉起张飞的手，说："三弟，今后我们兄弟再也不会分开了！"

又过了一段时间，刘备也来到古城。经过了风风雨雨、刀光剑影、艰难险阻、千里奔波，刘备、关羽、张飞他们三兄弟终于又团聚了！

相见恨晚，敬服真英杰

张飞平生最佩服的人有三个：论仁慈宽厚，张飞最敬佩大哥刘备；论武艺高强，张飞最佩服二哥关羽；要论足智多谋，张飞最佩服的就是军师诸葛亮。岂止是佩服，张飞甚至还有点害怕诸葛亮！不过话得说回来，张飞并不是一开始就佩服诸葛亮，甚至还有些瞧不起他。那么张飞后来是怎么服了诸葛亮的呢？这事还得从刘备三顾茅庐（公元207年冬至公元208年春，当时屯兵新野的刘备，带着大将关羽、张飞，三次到南阳邓县隆中诸葛草庐请诸葛亮出山辅佐的故事）说起。

刘备、关羽、张飞兄弟三人古城相聚后，过了一段时间，便前往荆州投奔刘表。刘表让刘备驻扎在新野。在新野期间，刘备通过隐士司马徽和颍川奇士徐庶的介绍，得知在襄阳卧龙冈有一位天下奇才，姓诸葛，名亮，字孔明，号卧龙。此人有经天纬地之才，定国安邦之能。如果能得到此人的辅助，必成大业。刘备得知这个情况，非常高兴，于是安排了一份厚礼，准备亲自和关羽、张飞一道去请诸葛亮。

张飞听司马徽和徐庶把诸葛亮夸得跟神仙似的，什么诸葛亮比得上周朝开国功臣姜子牙呀，比得上汉朝开国大贤张良呀，张飞压根儿就不信，心想："别胡吹牛了！有那么大本事，还待在乡下干什么？怎么到现在也没人请他出山？偏偏我大哥一听就信，真是太老实了！"听说刘备要带他去请诸葛亮，本来不想去，后来转念一想：去看看也好，我倒要看看诸葛亮有多大本事，长的什么模样。

没想到第一次去请诸葛亮却扑了个空。刘备问诸葛亮家看门的童子（男孩子），童子说诸葛亮出去了，而且不知到什么地方去，也不知什么时候回来。张飞一听，心里暗暗好笑，心想："看看，露馅儿了吧！这诸葛亮肯定没本事，光知道在外面吹牛，一听我们真的来请他出山，心里发虚，吓得藏起来了，还让看门的小家伙说什么'不知何处去了''不知何时回来'。哼，别糊弄人啦！"张飞见刘备还要等一会儿，可就不耐烦了，说："大哥，人都走了，我们也回去算了，在这儿干等个啥呀！"

三人回到新野，刘备便派人注意打探诸葛亮的消息，准备再次前往。过了几天，派去的人说诸葛亮已经回来了。刘备大喜，便叫人安排马匹、礼物，准备第二次去请诸葛亮。这一回，张飞可真的不想去了，对刘备说："大哥，我想那诸葛亮能有多大本事？何必大哥亲自去请？派人去把他喊来不就好了吗？"刘备一听，有些不高兴，责备张飞说："你不喜欢读书，不懂得这里面的道理。孟子说过：想见到贤人而不按照贤人的道理，就好比让他进门，你却关上门。孔明乃当世的大贤，怎能随随便便把他喊来呢？"张飞见大哥有点生气，只好上马一块儿出发了。

这时正是隆冬季节，天气严寒，北风呼啸，阴云密布。走了没几里路，下起大雪来了。只见雪花飞舞，天地间白茫茫一片。

不一会儿，三个人都成了雪人。张飞心里好不气恼，心想："为了一个乡巴佬儿，跑这么远的路不说，还得冒着这么大的风雪，这是何苦呢！"于是说："哼，天寒地冻，连打仗都不在这时候打，咱们却偏偏跑这么远去见一个没用的人！大哥，我看咱们不如回新野躲躲这场风雪吧。"刘备听张飞这么一说，知道张飞也不是怕冷，就是不愿意去请诸葛亮，于是对张飞说："我冒雪前去，就是想让诸葛亮知道我的诚意。三弟如果怕冷，你先回去好了。"张飞见刘备有些不高兴，赶忙说："死我都不怕，难道还怕冷！我就是怕大哥空跑一趟，白费工夫！"刘备说："你别多说话，只管跟我一块儿去就是了。"

没想到诸葛亮这一回还是不在家，在家的是他的弟弟诸葛均。刘备问诸葛亮到哪儿去了，诸葛均回答："往来莫测，不知去向。"张飞一听这话，暗暗冷笑一声，心想："我就知道你会这么说！这还不是诸葛亮教的？干脆老老实实承认没本事，不敢见我们，不就完了！"于是对刘备说："诸葛先生既然不在，咱们就回去好了。"刘备说："我既然来到这里，怎么能不说句话就回去呢？"刘备问诸葛亮平时都看哪些兵书，诸葛均说："不知道。"张飞也不管诸葛均就在旁边，对刘备说："大哥，你问他有啥用？他什么都不知道！风雪这么大，咱们早点回去算了！"刘备不理张飞，又写了一封信留给诸葛亮，这才告别回去。

光阴似箭，转眼又是新春。刘备选定吉日，斋戒（旧时祭祀鬼神时，穿整洁衣服，戒除嗜欲，以表示虔诚）三天，洗澡熏香换衣服，以表示自己的恭敬和诚意。然后安排马匹、礼物，准备第三次去拜请诸葛亮。这一回，连关羽也有意见了，对刘备说："大哥两次亲自前去拜见，礼节已经过分了！我想诸葛亮不过是徒有虚名，没有真才实学，所以躲避我们不敢相见。大哥对诸葛亮是不是太迷信了？"刘备说："话不能这么说。春秋霸主齐桓公为了见一个小小的臣子，来回五次才见着，何况我要见大贤人呢？"张飞一听"大贤人"三个字，鼻子里"哼"了一声，说："大哥搞错了。那诸葛亮不过是一个乡巴佬，怎能说是大贤人？咱们兄弟三人纵横天下，论武艺比谁差了？咱们为啥把这个诸葛亮当个大贤人敬着？这一回不用大哥去，我去请他。他要是不来，我一条麻绳把他捆来！"刘备一听张飞这话，生气地说："你别乱说。难道你没听说过周文王拜见姜子牙的事吗？周文王是古代英明的君王，还如此尊敬贤人，三弟怎能这么无礼呢？有用麻绳请贤人的吗？这回你不用去了，我和二弟去就好了。"张飞一见大哥生气，又听说不让他去，心里可慌了，赶忙压低嗓门说："既然两位哥哥都去，小弟怎么能不去？大哥，你就让俺去吧！"刘备顿了一下，说："你要一起去也可以，但是不能失礼！"张飞急忙答应："好，好，俺保证恭恭敬敬就是！"

三人乘马出发，往隆中而来。离庄子还有半里多路，刘备就下马步行。张飞也只好下马，心里又有一些不高兴。三人往前走了不远，迎面碰上诸葛均，刘备急忙施礼，问道："令兄在家吗？"诸葛均回答说："昨晚才回来，将军今天能和我哥哥相见了。"说完，自己只管走了。刘备高兴地说："这回可真幸运，能够见到诸葛先生了！"没想到张飞在旁边"哼"了一声，说："大哥老是叫俺不可无礼，这个诸葛均不是也没礼貌吗？他就是领我们一起去也不要紧，干吗就自己跑了？"刘备说："各人有各人的事，哪能勉强别人呢？"张飞也就不再说了。

三人来到庄前敲门。童子开门一看，见又是刘备三人，就说："今天先生在家，不过现在正在草堂上睡觉。"刘备说："既然先生在睡觉，那就暂时不要通报。"回头吩咐关羽、张飞在大门口等候，然后和童子一块儿进去了。

关羽、张飞站在门外等了半天，没见动静。张飞伸头看看，见刘备拱手站在草堂的台阶下，神情非常恭敬。张飞憋了一肚子气，本来想发火，可是一看大哥那恭恭敬敬的样子，只好把肚子里的火压下去了。又等了半天，还是不见动静。张飞进门一看，刘备还在台阶下站着。这一回张飞再也忍耐不住，心头那股火腾地蹿起三尺高，怒冲冲地对关羽说："这先生怎么敢这么傲慢！明明知道大哥站在台阶下，那家伙却睡他的觉，装死不起来！好，俺叫你睡！俺到屋子后面放一把火，看他起不起来！"说完就往屋子后面跑去，关羽急忙拉住，低声喝道："三弟不得无礼！你忘了给大哥下的保证了？"张飞一愣，"唉"了一声，一跺脚，说："再这样等下去，可真要把俺憋死了！"

又过了半天，张飞进门一看，院子里不见了刘备。张飞心想："谢天谢地！俺大哥终于进屋去了！"可是刘备这一进屋就不出来了，也不知道刘备和诸葛亮在谈些什么。张飞在外面等得心急火燎。又过了大半天，刘备和诸葛亮终于走出草堂。张飞看看刘备一脸高兴的样子，好像诸葛亮已答应出山。再看诸葛亮，身高八尺，面如冠玉，眉清目秀，神态潇洒，飘飘然好像仙人一样。张飞心想："这诸葛亮长得倒是不俗气，就怕是个绣花枕头，外面好看，其实是个草包！现在俺老张先不跟他啰唆，等到上阵打仗的时候，再看看他有什么真本事！"

刘备和诸葛亮一同回到新野后，对诸葛亮非常尊敬，像对老师一样，同时关照关羽、张飞也要尊重诸葛亮。关羽、张飞一听，都不太高兴，对刘备说："诸葛亮年纪轻轻的，能有什么真才实学？大哥对他尊敬得也太过分了！再说，到目前为止，也没见他显示什么真实本领，叫我们怎么尊重他呀！"刘备说："我请来孔明，如鱼得水。二位兄弟别再多说了。"张飞听大哥这么一说，心里更不高兴。

过了不久，忽然传来消息：曹操派夏侯惇率兵十万，杀奔新

野而来。张飞听到这个消息，对关羽说："这一回咱兄弟俩不用动手，大哥只要派孔明前去就行了。"正说着，刘备请关羽、张飞到县衙商量迎敌的事情。二人来到县衙，刘备问关羽、张飞："夏侯惇率兵前来，已经到了博望，离新野不过九十里路，二位贤弟，你们看怎么迎敌？"张飞瞪着眼，装出很惊奇的样子，对刘备说："哥哥不久前不是请来一员大将吗？你怎么不请'水'前去迎敌呢？"刘备说："话不能这么说，智谋靠孔明，勇战还得二位贤弟，迎敌的事，怎么能全都推给孔明呢？打仗要团结一心，才能取胜。二位贤弟快些准备去吧。"

过了一会儿，诸葛亮召集众将布置战斗任务。张飞在关羽耳边小声说："咱们看看孔明怎么调度指挥，看看他的真本事。"只听孔明发令道："博望城左有豫山，右有安林，都可以埋伏兵马。云长领一千人马埋伏在豫山，放过曹操的先头部队，等看到南面火起，纵兵出击，焚烧曹军后部粮草。翼德领一千人马埋伏在安林山谷中，看到南面火起，杀向博望城，焚烧曹军囤积在城中的粮草。"接着又向刘备、关平、刘封等人布置任务。关羽、张飞听孔明布置完了，也没说他自己干什么。关羽忍不住问："我们都出去迎敌，不知道军师干什么？"孔明说："独自在家中守县城。"张飞一听，再也忍不住了，哈哈大笑起来，把眼泪都给笑出来了，连声说："俺们都去厮杀，你倒在家坐着，好自在呀！"孔明举起令箭和大印，严肃地说："箭印在此，违令者斩！"刘备见关羽、张飞不服气，就对二人说："二位贤弟难道没听说过'运筹帷幄（在后方决定作战策略，泛指筹划决策）之中，决胜千里之外'这句话吗？你们不能违令！"关羽、张飞冷笑着走了。张飞边走边对关羽说："我们先看他的计策灵不灵，到时候再来问他也不迟。"

张飞怎么也没想到，战斗的经过竟然和孔明事先料定的一模一样。孔明布置的所有埋伏，曹军一个也没躲掉。直烧得曹军焦头烂额，直杀得曹军血流成河，曹将夏侯兰也被张飞一矛刺死。刘备大获全胜。

自涿郡举事以来，张飞从来没打过这么痛快的仗，他高兴得哈哈大笑，嘴都合不住了。他和关羽一见面，两个人都不约而同说："孔明真英杰啊！"二人收兵回到新野，走不到几里路，见孔明坐在一辆小车中，来迎接凯旋的将士。关羽、张飞不由自主地下马，拜伏在车前，孔明急忙扶起。张飞对孔明恭恭敬敬地说："孔明先生，俺张飞这回可真的服了你啦！"

威势逼人，吓退百万曹军

夏侯惇败回许都，曹操又派曹仁率兵前来。诸葛亮又用妙计，新野城一把火、白河一场大水，把曹仁杀得大败而回。刘备、诸葛亮料定曹操还会再来，而自己的兵力又太少，于是决定撤退到江陵。当地的百姓由于害怕曹军，也都跟着刘备逃难去了。

曹操见曹仁又是大败而回，心中大怒，发兵八路，杀奔荆州而来。先攻下襄阳，然后亲自率领五千铁骑，日夜兼程，如风似火，要在一天一夜之内追上刘备。

刘备带着大队人马和十多万逃难的百姓慢慢向江陵撤退，吩咐赵云保护家眷老小，张飞断后掩护。这时关羽已经到刘琦那儿求救兵去了。刘备担心刘琦不肯发兵，又派诸葛亮和刘封前去催促。刘备身边除了张飞、赵云，就只剩下几个谋士了。如果被曹军追上，后果实在不堪设想。

刘备带领人马和百姓在路上走了几天，来到当阳县，看看天色已晚，就在当阳城外的景山安营休息。

四更天的时候，忽听西北方向喊声震天，原来是曹操率领铁骑追到。刘备大惊，急忙上马，率领手下军士迎敌，拼死战斗，但因寡不敌众（人少的一方抵挡不住人多的一方），部队伤亡惨重。眼看手下的士兵越来越少，正在这危急时刻，忽然一支人马杀到，犹如一股巨浪，"哗"地一下把曹军冲开一个大口子，为首一员大将，正是张飞。张飞纵马舞矛杀入曹军，手下那杆丈八蛇矛连挑带刺，碰着的不是死就是伤，霎时杀开一条血路，掩护着刘备往东撤退。曹操的大将许褚率领铁骑紧紧追赶。张飞见追兵逼近，返身杀回，打败许褚，然后再回马追上刘备，过了长坂桥，来到一个小树林中。这时背后的喊杀声已经听不到了，刘备、张飞这才下马休息。刘备环顾四周，身边只剩下一百多个骑兵，家属老小、手下将官谋士、十多万百姓全都下落不明。看到这个情景，刘备忍不住伤心落泪。

刘备正在伤心难过，忽然谋士糜芳从远处跌跌撞撞赶来，见到刘备就说："赵云反了，投降曹操去了！"张飞一听大怒，咬紧钢牙，大叫道："好哇，看到我们走投无路就投降了！俺老张这就找他去！要是给俺碰上，一矛刺死！"刘备急忙劝阻，张飞哪里肯听，一挥手中长矛，大喝一声："跟我来！"飞身上马，直奔西边长坂桥（又名当阳桥）而去，十八骑燕将随后跟来。

长坂桥是一座木桥，桥面不宽。此时正是初冬时节，天气寒冷，很难涉水过河。如果能守住长坂桥，就可以阻止曹军东进。张飞来到长坂桥上，看了一下地形，觉得这长坂桥确实是个易守难攻的地方。又回头往东面看去，只见桥东是一片树林。张飞忽然心生一计，命十八骑燕将去树林中砍些树枝，拴在马尾上，然后纵马在树林中来回奔驰。马尾上的树枝扫起地上的尘土，再加

群马奔腾，荡起的尘土直冲半空，远远望去，似乎树林中埋伏着一支大军。张飞看着飞起的尘土，很是得意，哈哈大笑说："我这十八骑燕将，足足抵得上五百人！"一切安排妥当，张飞自己在桥上横矛立马，观察四面的动静。

过了一会儿，猛然有三个人从西面朝长坂桥奔来。张飞等来人走近一看，原来是谋士简雍和两个护送的士卒。简雍看到张飞。急忙喊道："张将军救我！"张飞大声说："别怕！你们快过桥！"简雍来到跟前，对张飞说："我在乱军中被刺伤，幸亏遇到子龙将军，把我救了。现在子龙将军还在乱军中寻找主公的二位夫人。"张飞听简雍这么一说，虽然还有些怀疑赵云，但已经不那么气了。简雍过了桥，往东找刘备去了。

又过了一会儿，忽然一小队人马朝长坂桥疾驰而来。张飞一看，原来是赵云、糜竺、甘夫人和三十多名士卒。张飞等赵云

来到桥前，大声叫道："子龙，你为什么要反我哥哥？"赵云听张飞这么一问，就知道张飞误会了，急忙分辩说："队伍冲散后，我一直在乱军中寻找二位夫人，因此落在后面，哪里是投降曹操呢？"张飞这才完全放心，但嘴上还是不软，说："要不是刚才简雍跟我说了，现在见到你，我岂肯罢休！"赵云也不介意，回头吩咐糜竺护送甘夫人先去见刘备，自己带领数骑仍从旧路杀回，寻找糜夫人去了。

此时天已过午，初冬午后的斜阳被战场上飞扬的尘土遮掩，越发显得暗淡无光，变得一团血红。寒风阵阵吹来，带着一股股肃杀之气。张飞勒马立在长坂桥上，向西方眺望，只见旌旗飘动，人马奔走；耳听得战鼓隆隆，杀声震天，其间夹杂着一声声

伤亡者的惨叫声。张飞知道，此时此刻，赵云正在乱军中浴血奋战。张飞又是焦急，又是担忧，恨不能一脚踏平曹营。要不是脚下的这座长坂桥是咽喉要地，他早就纵马杀入曹军去了。突然，一匹白马向长坂桥疾驰而来，马上一员战将血染战袍，手持钢枪，正是赵云！背后一支人马紧紧追赶。赵云一边纵马疾驰，一面呼喊："翼德助我！翼德助我！"张飞一见，又喜又急，大声叫道："子龙快快过桥！追兵我来对付！"赵云催马过桥，往东去了。

追赶赵云的文聘本是刘表手下的大将，刚刚投降曹操，急于立功，所以带兵紧追不舍。他见赵云冲过长坂桥，正要带兵过去追击，猛一抬头，见一员大将屹立桥头，两眼怒视，虎须倒竖，手持丈八蛇矛，骑一匹黑色烈马，威风凛凛，杀气腾腾，正是虎将张飞。文聘不由得大吃一惊，急忙命令部下停止前进。文聘四处观察，只见桥东树林中尘土飞扬，树影中似有精兵调动奔走，心中更是惊惧，哪里还敢上前，命令部队不许靠近长坂桥，以防中计。

过了一会儿，曹仁、李典、夏侯惇、夏侯渊、乐进、张辽、张郃、许褚等曹操手下的大将都陆续赶到了。他们看文聘不敢靠近长坂桥，忙问是怎么回事，文聘把看到的情况说了一遍。曹军的将领，十有八九都中过诸葛亮的计，在诸葛亮手里吃过大亏，看看眼前这个阵势，心想这八成又是诸葛亮的什么计策，说不定从什么地方就会杀出一支伏兵来。再看张飞，单枪匹马站在桥上，一副有恃无恐（因为有所依仗而不害怕）的神情，两眼怒视，长矛紧握，显然是准备决一死战。曹军将士刚才看到赵云在曹军中往来冲杀，连斩几员上将，如入无人之境，想起来还心有余悸。眼前的张飞，只怕比赵云还厉害！他们越想越胆寒，谁也不敢上前，只是命令部下扎住阵脚，在长坂桥西摆成一条线，同时派人火速禀报曹操。

此时曹军蜂拥而至，千军万马直向长坂桥冲来；而张飞，这位无畏的虎将，则好似岸边挺立的礁石，岿然不动。

面对曹军的千军万马，张飞早已下定了拼死一战的决心。眼前的形势已不允许他再有其他的选择。他眼前只有一条路，那就是拼死战斗！用自己的鲜血，用自己的生命，去保卫大哥！他一言不发，愤怒的双眼射出仇恨的火焰，怒视曹军。血红的夕阳把他那巨大的身影投射在长坂桥上，在凄厉的寒风中越发显得威严、可怕。一时间，整个战场的空气仿佛都凝固了，压得人喘不过气来，只有旌旗在寒风中猎猎作响。这正是：两军相对杀气生，两强相遇勇者胜！

再说曹操听到前面部队的报告，急忙上马，向阵前赶来。张飞见曹军后方移动，急忙放眼望去，隐隐看到一顶青罗伞盖飘动，又有白旄黄钺（bái máo huáng yuè，指有关征战的事）、金戈银戟后拥，料定是曹操亲自来到阵前督战。张飞看到曹操，胸中怒火更盛，眼前仿佛又出现了那一幅幅情景：自己败走芒砀山，大哥四处奔波；十多万百姓被曹军掠夺践踏，大哥被凶狠的曹军追杀，众多的将士惨死在曹军的刀斧下；张飞再也忍不住，旧仇新恨、怒气豪气一起充溢在胸中，化作熊熊烈火，他的胸膛几乎要炸裂开来！满腔的烈火化作一声怒吼，喷涌而出："我乃燕人张翼德！谁敢来和我决一死战？"这一声怒吼，犹如晴天霹雳，高山雪崩，洪水破堤，巨流排空。只吓得曹军人人变色，个个发抖。曹操猛然听到这一声怒吼，头脑禁不住一阵晕眩，急忙命人去掉伞盖，以免暴露自己的目标。曹操看到张飞那杀气腾腾、威风凛凛的形象，不由得暗暗心惊，回过头来对两边的人说："我过去曾经听关羽说过，张飞英勇无敌，在百万军中取上将人头好比探囊取物。今天碰上张飞，可万万不能轻敌啊！"

张飞见到曹操去掉青罗伞盖，不敢再耀武扬威，料定曹操已经有些胆怯，随即又圆睁双眼，大声喝道："燕人张翼德在此！谁敢来和我决一死战？"这一声怒吼，比刚才那一声更加响亮猛烈。曹军众将你看看我，我看看你，谁也不敢上前。眼见得张飞挺矛立马于桥上，杀气腾腾，怒火满腔；那长坂桥又是一夫当关、万夫莫开之地，谁要是上去，还不是送死？而曹操呢，本想命令一员大将上去应战，可是看看四周将士，个个露出胆怯的神色，竟然没有一个人敢出来请战。看到这个情景，曹操感到心虚，不由得打起了撤退的主意。曹军见主帅如此，无不人心惶惶，个个气馁。

张飞见曹军人人胆怯，又见曹军后方阵势骚动，知道敌军气势已衰，第三次挺枪大喝："战又不战，退又不退，到底想怎么着？"这一声巨吼，带着仇恨、杀气和威势，直向曹军扑去。这一声巨吼的余音还在天空回荡，曹操身边的夏侯杰已吓得肝胆碎裂，一声惨叫，口吐鲜血，一头栽下马来。曹操见夏侯杰硬是给吓死了，心中发毛，手足颤抖，掉转马头就走。曹军的兵将一看主帅逃走，一起跟着往回跑。一时间，曹军扔掉刀枪，甩掉盔甲，人似潮退，马似山崩，因自相践踏而伤亡的不计其数。看着曹操和曹军那副狼狈相，张飞忍不住放声大笑起来。

举荐大贤，立大功一件
· · · ·

赤壁大战期间，由于诸葛亮指挥精妙，关羽、张飞、赵云等将英勇作战，刘备取得了一个又一个胜利，取南郡，占荆州，得襄阳，而后又攻下了零陵、桂阳、武陵、长沙四郡，军威大振，实力大增。不用说，这些胜利之中也包含着张飞的赫赫战功：葫芦谷口截杀曹操，打得曹军狼狈而逃；一夜之间百里奔袭，巧取荆州；零陵郡大败守将邢道荣，活捉刘贤；武陵郡一声大吼，喝降守将。真是攻无不克，战无不胜！

不过，若以为张飞只会打仗，那可就错了。因为张飞还处理过一桩冤案，发现一个人才哩！

话说刘备攻取零陵、桂阳、武陵、长沙四郡以后，分别选派了合适的官员，把各地治理得很好，老百姓的生活也很安定。可是有一天，刘备却接到一份报告，说是桂阳郡耒阳县的县令庞统自上任以来，天天饮酒作乐，什么事也不问，把县里的政事都荒

废了。刘备得到这个报告，非常生气。原来这个叫庞统的人，三个月前从东吴来投奔刘备，自称是江南名士。刘备一见庞统，先有三分不喜欢。那庞统长着浓眉毛、黑面孔、朝天鼻、短胡子、矮个子，说话也不谦虚，态度也不恭敬。刘备心想："瞧这个样子，也不会有多大才学。"于是就把庞统打发到耒阳县做了一个小小的县令。却没想到这个庞统胆子这么大，竟敢如此胡闹！

刘备大怒之下，立刻就想让诸葛亮去处理这件事，可是诸葛亮出外去巡察还没回来。刘备猛然想到张飞这段时间没事，于是就把张飞叫来，派他到耒阳县去处理庞统的渎职案，并对张飞说，如果情况属实，就地查处。刘备担心张飞鲁莽武断，又派孙乾和张飞一同前去。

张飞接到这个任务，虽说不是领兵打仗，心里也挺高兴，心想："平常这种事大哥都是请孔明先生处理，这回大哥让俺老张去，肯定是见俺近来大有进步。这回俺可要耐着性子，把问题查清楚，不能胡来！"于是带着随从人员，和孙乾一道，离开荆州往耒阳而去。一路上，孙乾又把官场有关的一些仪式、礼节跟张飞说了一遍。张飞虽然觉得这些仪式、礼节有些啰唆，但想到自己是代表大哥刘备来办案，还是耐着性子听着。

张飞和孙乾来到耒阳县，县里的官吏听说张飞来视察，都出城迎接。张飞一看，大小官员都来了，单单不见那个县令庞统。张飞忍不住心头火起，心想："好你个庞统，胆子真不小啊！明明知道俺老张要来，你也不出来迎接！八成你这家伙害怕了，躲起来了。我倒要看看你能躲到哪里去！"张飞耐着性子忍住气，问县里的官员："那县令庞统在哪里呀？为什么不来迎接本官？"那些官员见张飞眼也瞪起来了，脸色也变了，张口就问县令在哪里，就知道这位张将军要发火了，战战兢兢（形容因为害怕而瑟瑟发抖的样子）地回答道："回禀张将军，庞县令自上任到现在已一百多天，县中之事皆不过问，每日饮酒为乐，从早到晚，大醉不醒。今天又喝醉了，到现在还卧床不起。"张飞一听大怒，骂道："这样的昏官要他有什么用！来人，给我把这个庞统抓来！"孙乾见张飞三句话没说就要抓人，急忙上前劝阻道："张将军，不可鲁莽行事！据我所知，庞统乃高明之士，怎么会如此糊涂行事？这其中必有缘故。再说我们也是听一面之词，不能据此定罪。将军先进城，到县衙问一下到底是怎么回事。如果情况属实，庞统确实失职，那时再治罪也不迟呀。"张飞听孙乾这么一说，觉得也有道理，想想自己也太性急了，暗暗骂自己说："张飞啊张飞，你的老毛病又犯了！"于是对孙乾说："好，好，就依着先生！"当下和孙乾等一行人进城去了。

张飞和孙乾来到县衙，在正厅上坐好，随即吩咐衙役叫县令庞统来议事。衙役去了好半天，庞统才慢慢到来。张飞一见庞统，气就不打一处来。只见庞统帽子歪着，领子敞着，腰带松着，鞋子拖着。本来长相就不怎么样，再加上这身打扮，使人感觉真是一个不折不扣的糊涂县官。庞统人还没走近，一股酒气先扑过来，呛得孙乾直捂鼻子。张飞看了孙乾一眼，心说："这就是你说的高明之士！就这个样儿！"见到庞统这个样子，张飞倒不想立刻治他的罪了，心想："我先训你一顿，叫你先难看难看，然后再把你抓起来。"

庞统醉醺醺的，摇摇晃晃来到张飞、孙乾面前，拱手施礼，说道："下官耒阳县令庞统参见张飞张大将军！"话音带着讽刺的味道。张飞一听，心想："嗬！我还没训你，你倒先挖苦起我来了！"他强忍着怒气问道："你就是庞统庞大县令吗？"庞统回答："不敢！在下正是庞统。"张飞眼一瞪，说道："你这个名字起得不对！"庞统一听，觉得很奇怪，心想："你张飞是来调查我的罪行，怎么关心我的名字来了？"于是问道："在下的名

字有什么不妥，还请张将军指教。"张飞冷笑一声，说道："你的名字不应该叫庞统。"庞统一听，更奇怪了，心想："我不叫庞统叫什么？"于是问道："依张将军的意思，下官应该叫什么？"张飞大声说："你应该叫酒桶、饭桶！"说完哈哈大笑。庞统一听张飞的话，心中大怒，心想："好哇，你倒挖苦起我来了！"却不露声色，冷冰冰地说："张将军不远百里来到耒阳，难道就是为了给我改名字来的吗？"张飞见庞统非但毫不求饶，还反唇相讥，再也忍耐不住，把案子一拍，大声喝道："好你个酒桶！我大哥本来以为你是个人物，让你来做县令，没想到你竟然胡作非为，如此胡闹！我来问你：你怎么敢终日饮酒，荒废政事？"庞统冷笑一声，问道："张将军，你看我荒废了哪些政事？"张飞见庞统还敢嘴硬，怒气更盛，大喝道："你上任一百多天，天天喝酒，天天大醉，还能不荒废政事？"庞统仰天长笑，说道："想这百里小县，点滴小事，有何难断！张大将军稍坐片刻，看我处事断案，如何？"张飞一愣，心想："嘿嘿，到这个时候了，你还敢胡吹大气呀？好，我倒要看看你到底有多大本事！"随即回答说："好，庞大县令要是一会儿把案子断好，俺老张给你磕头赔罪！要是你处理不好，俺老张这就治你的罪！"庞统微微一笑，说道："这么说来，我这酒桶就献丑了！"

庞统升堂，命下属官吏把一百多天来积压的公务案件全部取来，命衙役把原告、被告全都带到。然后请张飞、孙乾坐在旁边，开始处理案件。

第一个案件是"争钱案"。原告是屠夫李大，被告是街上闲人王胡，证物是两贯铜钱。李大诉道："十多日前卖完肉回家，途中遇到王胡，抢走我两贯铜钱，被我追上，扭打到县衙，请县官明断。"王胡诉道："这两贯钱是我说合了一笔丝绸生意所得的佣钱，李大所说纯属诬告。"庞统听完二人所说，便问李大是

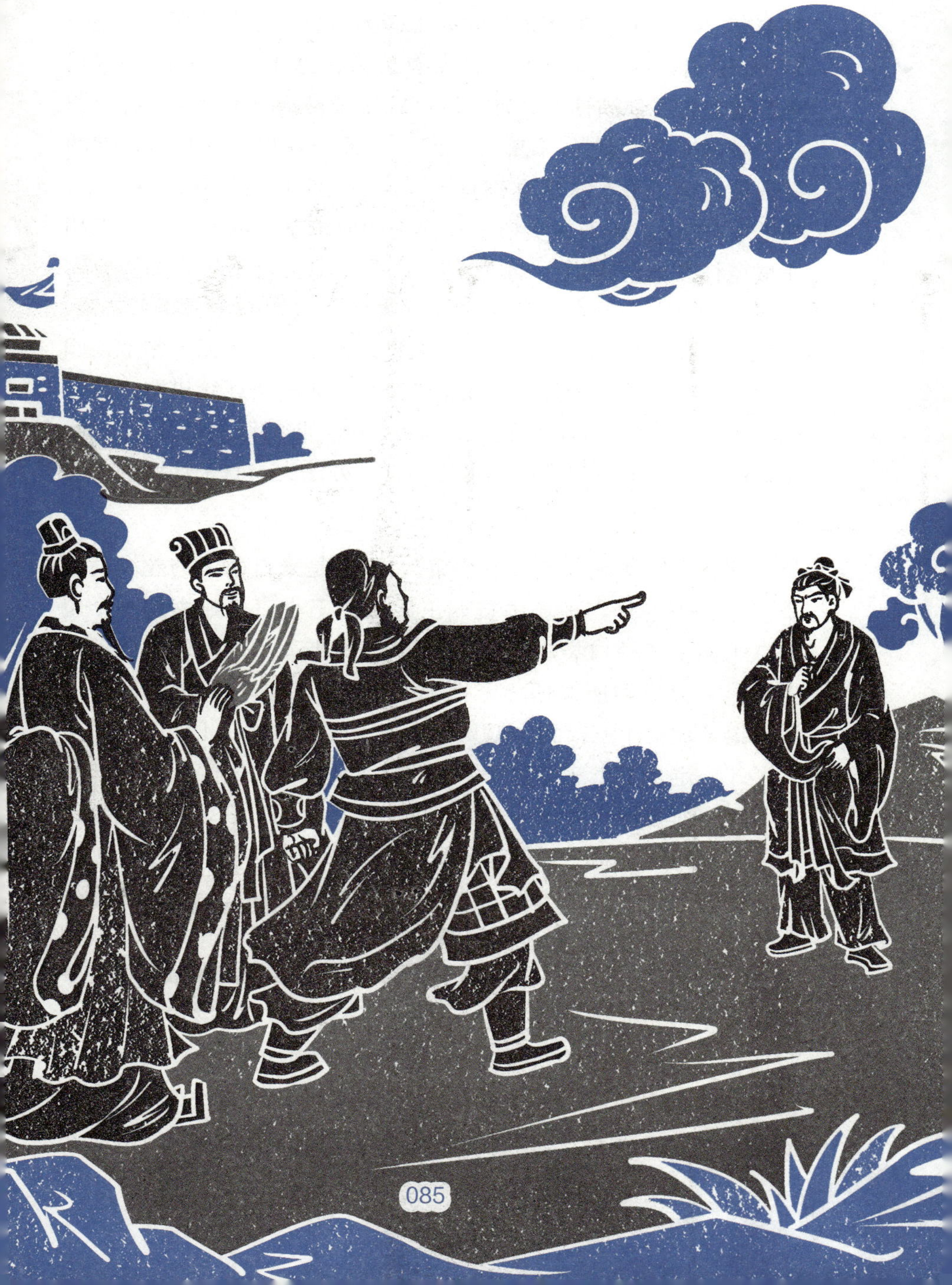

否有证人。李大说王胡抢钱时并无旁人在场。张飞一听，心想："一个说抢，一个说没抢，又没有证人，这不是一笔糊涂官司吗？俺老张看你酒桶怎么判？"庞统见张飞两眼瞪着他，心里明白，微微一笑，说："我有证人！"命衙役端出一盆热水，把两贯钱往盆中一放，水里立刻冒出点点油花，庞统把惊堂木一拍，喝道："王胡，还不如实招来？你是如何抢李大的钱的？"王胡连喊冤枉。庞统喝道："本官若不说明，谅你也不服。铜钱放入水中冒出油花，乃李大卖肉时油手收钱所致。那丝绸商人之钱，哪来的油脂？"王胡一听，面如土色，连连求饶。庞统判铜钱归李大，王胡打了二十大板，轰出公堂。张飞一听庞统讲明，顿时恍然大悟，心想："俺老张过去也卖过肉，收的钱上是有不少油。嗨，俺老张怎就没想到用热水烫钱这个办法呢？看来这酒桶是有两下子！"

第二个案子是"拾金还金案"。原告是来自西川的丝绸商人李阿毛，被告是当地城中贫妇王氏之子王小三，证物是一个包着三十两银子的口袋。李阿毛诉道："我带五十两银子来此地做生意，一日进厕所方便后，把银子忘在厕所内，发觉后回去寻找，银子被王小三拾到，但只剩下三十两，另外二十两不知哪里去了，一定是王小三藏起来了，请县令明断。"王小三诉道："那一天进厕所方便，发现一个装着三十两银子的口袋，我想丢失银子的人一定很着急，于是就在厕所内等待失主。不料失主李阿毛回来后却诬赖我取了口袋中的二十两银子，请县令大人明断。"张飞一听，心想："这还不好断！王小三家贫，藏起来二十两银子，这样银子也得了，好人也做了。哼，俺老张可饶不了你这个王小三！"忽听庞统判道："王小三捡金还金，应该嘉奖！王小三所捡三十两银子，并非李阿毛所失。李阿毛所失，乃是五十两银子。本官判王小三暂领所捡三十两银子归家，李阿毛另寻捡到五十两银子之人。"李阿毛一听，连连磕头说："小人该死！小

人该死！小人丢失的实在是三十两银子，因怕王小三索取报酬，故说是丢失五十两。请县令大人宽恕小人谎言之罪！"庞统脸一板，说道："公堂之上，岂能前后不一，任意胡说？你李阿毛心地不善，既得所失之银，反而诬告别人。王小三若取你银两，三十两银子他便全部拿走，你又何处去寻？王小三好心当得好报，李阿毛不善应判丢金！"喝令衙役把李阿毛轰下堂去。张飞先是一愣，然后连喝："痛快！痛快！"

　　第三个案子是"争子案"，这个案子有点麻烦。原告是徐州人谢氏，被告是当地人徐氏，证物却是一个五六岁的孩子。谢氏诉道："这个孩子原是我亲生儿子，三年前被人拐卖给耒阳徐氏。我千里寻子，找到耒阳，不料徐氏说这孩子是她亲生，不肯交还。请县令明断。"徐氏诉道："这个孩子本是我亲生，不知这谢氏从何而来，要夺这孩子。请县令大人明断。"庞统观看这孩子以及徐氏、谢氏的面貌，并没有十分相似之处；叫这孩子去认亲娘，这孩子却哭哭啼啼也认不出。张飞在旁边看着反倒乐了，心想：好了，这回酒桶没辙了！我看你把孩子断给谁！只见庞统把惊堂木一拍，说道："既然这孩子认不出亲娘，徐氏、谢氏二人可各拉孩子一只胳膊，谁能拉过去便给谁。"张飞一听，不由恼怒起来，心想："好啊，你判不出来就胡来啊！两个女人一拉，还不把小孩扯散了架？"果然，徐氏、谢氏抓住孩子的胳膊一拉，孩子便疼得大哭起来。谢氏一听孩子大哭，眼圈一红，泪珠滚滚而下，手一松，孩子就被徐氏拉了过去。徐氏正在得意，猛听庞统判道："孩子乃谢氏亲生，徐氏乃收买儿童。判谢氏领回儿子，回归故乡。"徐氏一听傻了，急忙跪倒在地说："县令大人，这孩子确实是我亲生啊！"庞统脸一沉，一拍惊堂木，喝道："孩子如果是你亲生，你怎能不顾孩子死活拼命拉扯？谢氏一听孩子哭声便即松手，若不是孩子亲娘，怎肯放手？"徐氏一听，目瞪口呆，说不出一句话来。张飞一听庞统判明，忍不住连

声高喊："判得好！判得妙！"

就这样，庞统耳听诉词，口中判案，是非曲直，毫无差错，不到半天，把一百多天的案子全部处理完毕。庞统判完最后一个案子，把毛笔往地上一扔，对张飞微微一笑，说道："张大将军，你看我案件判得可公？判得可明？"张飞见庞统判案如此迅速、准确，已佩服得五体投地，忽听庞统问他，连忙回答："公平！公平！高明！高明！"庞统又问："张大将军，还有什么案子要我来处理？"张飞连连摆手说："没有了！没有了！"庞统说："不，还有两件大案、要案，我没处理好。"张飞一听，睁大眼睛问："哪两件大案？"庞统伸出两个指头，不慌不忙地说："第一件大案，是曹操欲报赤壁之仇案；第二件大案，是孙权欲夺荆州之地案。这两件大案不处理好，刘皇叔怎能高枕无忧？又如何成就大业？"张飞一听大惊，急忙离开座位，走到庞统面前，恭恭敬敬地施礼下拜，说道："先生真是大才！张飞有眼不识泰山，对先生无礼，俺在这里给先生赔罪了！"庞统急忙上前扶起。张飞回过头来对孙乾说："不是孙先生劝阻，俺老张可要犯大错误了！要是失去庞统先生这样的大贤人，俺老张就是割了脑袋也赔不起啊！"庞统、孙乾听张飞这么一说，都哈哈大笑起来。张飞对庞统说："先生放心，俺一定在大哥面前极力推荐先生！俺大哥一定会重用先生！"

庞统微微一笑，取出一封信递给张飞。张飞接过来一看，原来是鲁肃写给刘备的推荐信。张飞埋怨说："先生也真是！当初见俺大哥时，你怎么不拿出这封信呢？要是刚才你拿出这封信，俺老张也就不敢对先生无礼了！"庞统笑着说："如果一见刘皇叔就拿出这封信，好像我是专门靠这封信来求官似的，恐怕刘皇叔也不会相信吧？不过话说回来，我这一百多天的县令可真够快活的，光酒就喝了十几坛子！"张飞大笑，说："好，等先生到了荆州，俺老张再请先生好好喝一回！"

　　张飞告别庞统回到荆州，把庞统的才能大大夸赞了一番，又把鲁肃的推荐信交给刘备。刘备又是吃惊又是懊悔，惭愧地说："屈待大贤人，这真是我的过错啊！"恰好这时诸葛亮也回来了，听刘备、张飞把这件事前后经过一讲，笑着说："庞统胸中才学，胜我十倍呀！"刘备急忙派张飞赶到耒阳县，恭恭敬敬地把庞统请到荆州。刘备亲自出城迎接，向庞统道歉说："我不识先生大才，让先生多受了委屈！如果不是三弟向我推荐，我险些失去了个大贤人啊！"诸葛亮在旁边笑着说："庞先生就是司马徽先生所说的'凤雏'啊！"刘备一听大喜，说："过去司马徽先生对我说：'卧龙、凤雏，二人得一个，就可以安定天下。'现在卧龙、凤雏我都得到了，汉室可兴，大业可成啊！"刘备又对张飞说："三弟，你这次举荐凤雏先生，可真是大功一件啊！"张飞哈哈大笑，得意地说："俺老张这一功啊，抵得上一百个大胜仗！"

收降严颜，勇张飞亦晓智谋

· · · ·

　　荆州府内，灯火明亮，诸葛亮和关羽、张飞、赵云等一班文武官员正在饮酒叙话。

　　张飞喝了几碗酒，忽然叹了口气，说道："俺大哥和庞军师春天就去了西川，到现在都半年多了，也不知怎么样了。可想死俺了！"关羽安慰张飞说："三弟放心，有你推荐的庞军师和大哥同去，大哥一定不会为难。"诸葛亮笑着对张飞说："今天晚上要是庞军师也在，翼德又要喝得大醉方休。"张飞想起那次和庞统比酒量的事，忍不住哈哈大笑，说："想不到庞军师个子不高，酒量倒不小。俺老张也只能跟他喝个平手！"众人一听，一起大笑。

　　忽然，士卒进来报告："关平将军从西川来到。"诸葛亮一听心中一惊，说道："快快请进！"话音刚落，关平已经快步走了进来，见了诸葛亮急忙下拜。诸葛亮急忙扶起，只见关平脸色疲

急，满身灰尘，显然是日夜兼程赶回来的。诸葛亮问道："你随主公进军西川，情况如何？"关平从身上取出一封信，只说了一句"主公有信"，忍不住便哭了起来。诸葛亮心中更是紧张，急忙拆开信。刘备信中说道：庞军师不幸在雒城落凤坡中了埋伏，被乱箭射死。现在大军退守涪城，请速来救援。诸葛亮看完信后放声大哭，大家也都纷纷落泪。张飞和庞统一见如故，很快就成了好朋友；想到庞统壮志未酬（旧指潦倒的一生，志向没有实现就衰老了。也指抱负没有实现就去世了）而不幸身亡，更是放声大哭，一边哭，一边咬牙切齿地说："庞军师，俺老张一定给你报仇！"

诸葛亮见军情紧急，随即布置任务：命关羽留守荆州；命张飞率一万精兵，走大路入川；自己和赵云也率一万精兵，溯江而上，走水路入川。两路军马约定在雒城会师。诸葛亮安排完毕，大家便各自分头准备去了。

第二天一早，水、陆两路大军浩浩荡荡开出荆州城。到了江边路口，诸葛亮对张飞说："翼德，我们马上就要分手了。我有几句话，请你牢记。"张飞说："军师，你说吧，俺听你的。"诸葛亮说："这一次入川救援，你身负重任。西川的英雄豪杰很多，万万不可轻敌，这是一；一路上要约束三军，不能骚扰百姓，要以得民心为重，这是二；这第三嘛，一定要少喝酒，不能随意鞭打士卒，以免耽误大事！"张飞点点头，说："嗯，军师你放心，俺都记下了，绝不会忘！"诸葛亮看着这员虎将憨厚的样子，心头禁不住涌起一股喜爱之情。他深情地对张飞说："翼德，你从大路入川，一路上有道道险关，又有重兵把守，困难很多，你要多加小心哪！我从水路走，一路上并没有多少阻碍，要顺利得多，这样可以早几天赶到，及时救援主公。"张飞眼一瞪，很认真地说："军师，那可不一定，俺走大路不一定比你到得迟！你

要不信，俺和你打赌！"诸葛亮笑着问："翼德要赌什么？"张飞一听要赌什么，这下可来了劲，大声说："咱们赌看谁先到雒城！"诸葛亮说："要是赌这个，我占的便宜太多，还是不赌了吧。"张飞急了，说："军师别把俺看扁了！今天俺就要赌！"诸葛亮看张飞那认真的样子，忍不住笑了，说："好，好，我跟你赌了！"张飞一听诸葛亮答应了，赶忙伸出左手抓住诸葛亮的右手，用右手"啪啪啪"在诸葛亮的右手上拍了三下，然后说："咱们已经击掌为约，输了可不许赖账啊！"随即拱手行礼说："军师一路上多保重！俺先走一步了！"跨上战马，大喝一声："出发！"率兵向西而去。赵云望着张飞远去的身影，对诸葛亮说："军师有把握赢吗？"诸葛亮微微一笑，对赵云说："不过，我倒真的希望翼德先到雒城。他要是赢了我，我是打心眼里高兴啊！"

张飞率兵西进，一路上的关口听到张飞的大名，纷纷望风而降。张飞果然按诸葛亮说的去做，对投降的官兵厚加优待，对沿途的百姓秋毫无犯，一路上势如破竹。张飞见进军顺利，非常高兴，但也不敢多喝酒，每次都只喝一两碗解解馋而已。士卒们见张飞不多喝酒，人人都非常高兴。因为要是张飞喝醉了酒，那条鞭子可就不长眼了，说不定会落到谁的头上。

张飞的大军在路上走了十多日，来到西川重地巴郡。先行的探子回来向张飞报告：巴郡守将是巴郡太守严颜，蜀中名将，年纪虽然六十多岁，但精力不减当年，能开硬弓，箭法很好，使一把大刀，有万夫不当之勇。现在已准备坚守巴郡，不肯投降。张飞听完情报，心中大怒，心想："俺老张所到之处，人人投降，你想充英雄，俺老张就让你吃点苦头！"命令部队离城十里扎寨，然后挑了一个胆大的士兵，对他说："俺给你一个任务：你进城跟严颜那老家伙讲，叫他早点投降，别拿他那个软鸡蛋碰俺

这块硬石头，这样俺老张就饶了他满城百姓；要是臭硬到底，哼哼，俺老张就踏平城池，老少不留！"

再说那严颜得知张飞率兵来到，便点起部下五六千人马，准备迎敌厮杀。部下的将官向严颜说："张飞当年在长坂桥上一声大喝，吓退曹操百万人马，连曹操听到张飞的名字也赶快避开，老将军千万不要轻易出战。我们现在应该深挖壕沟，加高城墙，坚守不出。张飞远路而来，粮草一定不多，不过一个月，他自然退兵；再加上张飞性如烈火，经常鞭打士兵，我们不和他交战，他肯定发怒，一恼就会对士兵乱打乱骂。我们待他军心一变，乘势追击，定能活捉张飞！"严颜听了，觉得很有道理，于是命令部下坚守城池，不得出战。

严颜正在城上巡视检查，忽然看见一个士兵来到城下，大叫："开门！"严颜一看，后面没有军队跟着，就让士兵开门让他进来。那士兵进城后对严颜说："我是张将军派来的。俺家张将军叫我对你说，叫你赶快投降，别拿鸡蛋碰石头，要不攻破城池，老少不留！"严颜一听大怒，骂道："张飞这匹夫怎敢无礼！你回去对他说，只有断头将军，没有投降将军！"命人把这个士兵耳朵鼻子割了，然后放了回去。

张飞见派去的士兵被割掉耳朵鼻子，又听说严颜不肯投降，心中大怒，圆睁双眼，咬牙切齿地骂道："严颜你这老家伙太欺负人了！俺老张要是逮住你，非割了你的耳朵鼻子不可！"立刻率领几百骑兵来到巴郡城下挑战，可是严颜就是不出战。张飞命令士兵骂阵，严颜命令士兵回骂，一时间城上、城下骂声震天，好不热闹！张飞兴起，挺矛纵马，直往城门吊桥冲去，想杀过护城河，打开城门。严颜命令："放箭！"一时箭如雨下。严颜拿起弓箭，对准张飞射去，正中张飞的头盔。张飞大吃一惊，急忙后退。严颜和士兵哈哈大笑，齐声大骂。张飞指着严颜骂道：

"严颜老家伙，有胆量你就出城，跟你张爷爷打上一仗！做缩头乌龟算什么本事！"严颜冷笑着说："你有本事就做个缩头乌龟，上来尝尝我的神箭！"张飞又冲了几次，都被乱箭射回。气得张飞指着严颜骂道："俺老张要是捉住你，割掉你的鼻子！割掉你的耳朵！吃你的肉！"忍着一肚子气，收兵回寨去了。

第二天，张飞又去挑战，严颜还是不理。张飞心想："我得换一招。"第三天，张飞率兵来到城下，命骑兵下马，步兵坐在地上，装出毫不在意的样子，引诱严颜出战。第四天，张飞又换了一招，只叫三五十个士兵去城下挑战骂阵，大队人马则在寨中做好准备，等严颜出城后再突然杀出，没想到这一招还是不灵，严颜就是不上钩。一晃几天过去了，严颜还是没引出来。张飞暗暗骂道："这老家伙真狡猾！逼着你张爷爷使绝招！只是这一招违反了军师的吩咐。嗨，为了快点去救大哥，也顾不上这么多了！"

第六天一早，张飞命军士抬着酒坛子，来到城下，然后发令说："今天你们给我狠狠地骂！骂出来严颜，俺老张赏你们酒喝！要是骂不出来，老子抽你们鞭子！"士兵一听说要抽鞭子，人人害怕，拼命放开喉咙大骂起来，严颜的十八代祖宗无一幸免。张飞一边喝酒，一边欣赏骂声，不时哈哈大笑。可是骂归骂，严颜就是不出来。眼看太阳已转到头顶，张飞的脸色也越来越难看，不知什么时候，那根让士兵害怕的皮鞭已经拿在手里了。十八骑燕将一看不好，心想："张将军要胡来了！"急忙上前劝阻，张飞哪里肯听，大喝一声："拿酒来！俺老张今天非出出这口闷气不行！"张六一听，心想："坏了，今天恐怕要出事！"上去附在张飞耳边说："张将军，你忘了军师的话了？"张飞把手一挥，把张六推到一边，大声说："啰唆什么！还不快拿酒来！"张六捧起一坛酒，慢慢往张飞走去，边走边想："张

将军要是喝醉了，肯定要乱打士兵，万一有个三长两短，如何是好？"想到这，心一横，就是拼着挨鞭子也不能让张将军出事！双手举起酒坛子往地上一摔，只听"哗啦"一声，酒坛子碎成十几块，酒洒了一地。张飞扭头一看，一声怪叫，一把抓起张六，狠狠地说："你敢不让我喝酒？"张六低声说："将军，你就是打死我，你也不能再喝了！"张飞一听张六这么说，心头猛地一个热浪打来，眼眶禁不住湿润了。他低声说："我的好兄弟，你就委屈一下吧！"一把将张六摔倒在地，拿出皮鞭狠狠抽打起来，边抽边骂："你敢不让老子喝酒，老子打死你！"皮鞭"啪啪"地抽在张六身上，疼在张飞心里，每打一鞭张飞心都颤抖一下。可他知道，要是装模作样地打几鞭，不但严颜引不出来，张六这顿鞭子也白挨了，所以张飞越打越狠。张六在地上滚来滚去，一边滚一边喊："张将军，你不能再喝酒了！你打死我不要紧，可不能打别的兄弟啊！"张飞心头一痛，正想是不是再打下去，忽听城上严颜哈哈一笑说："张飞，你这苦肉计能骗哪个？你就是把他打成肉饼，你严爷爷也不会出城！"这番话直把张飞气得目瞪口呆，把手中的鞭子"啪"的一声摔在地上，指着严颜狠狠地说："你这老家伙，俺老张要是抓住你，非打你一万鞭不行！"

回到寨中，张飞急忙来看张六的鞭伤。只见张六身上伤痕累累，皮肉模糊。张飞心里一痛，热泪涌上双眼，嘶哑着嗓子对张六说："好兄弟，你骂我几句吧！"张六勉强笑着说："将军，只要能把严颜引出来，再挨几鞭我也情愿！可是怎么才能把他引出来呢？"张飞一愣，坐在那儿半天没出声。过了好一会儿，张飞才慢慢地点了点头说："好，就这样！姓严的，你这回要是再不出城，俺就不姓张！"

从第七天开始，张飞不再挑战，而是命令士兵四处砍柴割草，寻找绕过巴郡的小路。严颜在城里一连两天不见张飞的动

静，觉得很奇怪，派人一打听，才知道张飞在寻找绕过巴郡的小路。严颜暗暗得意，心想："嘿嘿，你这个猛张飞就这么几下子，这回认输吧！你想溜过去，可没那么容易。等我摸清你的计划，再杀你个出其不意！"于是派了一二十个小兵悄悄地出城，混在张飞派出的砍柴割草的士兵中间打听消息。张飞得到士兵的报告，说队伍中出现了陌生人，心中大喜，心想："严颜啊严颜，你这个老家伙就要中俺老张的计了！"吩咐士兵不要惊动这些陌生人，就像往常一样，照样砍柴割草，寻找道路。

第十天傍晚，砍柴割草的士兵返回营寨。张飞在帐中故意大喊大骂："严颜，你这老家伙，活活气死我！"几个砍柴割草的士兵急忙走进帐内，大声说道："报告将军，我们已经发现一条小路，可以绕过巴郡。"张飞故意发怒说："既然有这条路，为什么不早来报告，都该挨鞭子！"说完拿出鞭子，装腔作势挥动了几下。几个队长装出很害怕的样子，说："将军不要打！我们也是这几天刚刚找到的呀！"张飞"哼"了一声说："好，暂且饶了你们。"然后回到帐中坐下，开始发令："我们在巴郡已经耽误十天，现在找到了小路，咱就赶紧行动。今夜二更造饭，三更拔寨启程，悄悄地绕过巴郡。俺在前面开路，你们随后进军。你们几个赶快去传达命令！"几人出了帐，大声吆喝，满寨里跑着传达命令。严颜派来的士兵听到这个消息，赶快混出营寨向严颜报告。严颜听到报告大喜，哈哈大笑说："我料定张飞性子急，任务紧，忍不了几天，现在他果然忍不下去了！哼哼，你偷着从小路绕过去，你的粮草必定落在后边，我截住你的后路，你怎能过得了巴郡？好你个傻张飞，你中了我的缓兵之计啦！"随即传令："二更造饭，三更出城，埋伏在两边的树丛中，等张飞前军过去，后面的粮草队伍来到时，听到鼓声，一起杀出！"

严颜带领数十员偏将军来到埋伏地点，下马隐藏在草木丛

中。约莫三更天的时候，果然看到一支军队沿着小路而来。张飞骑马握矛，走在最前面。一会儿，这支军队过去了。又过了一会儿，后面的粮草部队来到了。严颜看得清楚，下令擂鼓。顿时战鼓咚咚，埋伏的军队四下里杀出。严颜提刀纵马，率兵要来抢夺粮草车辆。突然"哐"的一声锣响，粮草车后面又杀出一支军队，猛听得一声雷鸣般的大喝："严颜老家伙休走！俺等的就是你！"严颜急忙回头一看，只见为首的大将豹头环眼，虎须倒竖，挺丈八蛇矛，骑黑色烈马，正是张飞！严颜又惊又疑，心想："怎么又冒出来一个张飞？"说时迟，那时快，张飞挥矛纵马已杀到面前，前头过去的部队也转身杀回，严颜无路可退，只得挥刀迎战。张飞憋了十天，终于等到了严颜，哪里还能让严颜再跑掉呢？一杆丈八蛇矛如暴风骤雨般向严颜杀去，不让严颜有半点的喘息机会。严颜武艺本来就比张飞弱一些，又加上中了"真假张飞"计，心中更乱，战不到十个回合，已经是满身大汗，但又不愿意投降，只是咬紧牙关拼命抵挡。张飞见严颜苦苦支撑，拼死奋战，心想："我非活捉你不行！好好地羞辱你一顿，出出俺老张的闷气！"想到这，高举蛇矛，故意显出一个漏洞，严颜见有机可乘，狠狠一刀砍去，恨不得把张飞拦腰砍成两段。张飞往后一退闪过，随即跟上前去，一把抓住严颜的腰带，丢在地上，军士们一拥而上，把严颜捆了起来。巴郡的士兵见主将被捉，纷纷投降，战斗很快就结束了。

原来张飞传出从小路绕过巴郡的命令后，料定严颜得到这个情报，必定会避开自己，截杀后面的粮草车队，于是命令一个士兵装扮成自己的模样，率领先头部队走在前面，自己则悄悄跟在粮草车队后面，并约定听到锣响，前后夹击。严颜自以为张飞中计，没料到张飞还有这一手，结果上当受骗，中计被擒。

张飞来到巴郡府衙，立即传令，命令部队不许伤害城里百

姓，同时出榜安民。发完这些命令以后，张飞把那个被割了鼻子耳朵的士兵叫来，叫张六在一边观看，说："今天俺老张要给你们出气！等会儿听俺命令，你割严颜鼻子耳朵，你打严颜一百皮鞭！"布置完毕，大喝一声："来人哪！把严颜那老家伙给俺带上来！"

刀斧手听到张飞的命令，立刻把严颜推了上来。严颜虽然双手被捆，但依然怒气冲冲，毫不畏惧。张飞一看，心想："嗬，你这老家伙还挺硬的！"把案子一拍，大喝道："严颜，大将到此，为什么不投降，还敢抗拒！"严颜怒目而视，高声说道："你这不义之师，侵犯我的州郡！巴郡之将，人人都誓死和你决战！哪有投降之理？"张飞一听大怒，咬着牙说："好你个严颜！是你，割了俺手下士兵的鼻子耳朵！是你，逼得俺鞭打兄弟！到现在你还敢嘴硬！好，我让你硬到底！来人！先打他一百鞭子，再割掉他的耳朵鼻子！我看你还硬不硬！"严颜听张飞这么一说，气得两眼冒火，大喝道："大丈夫可杀不可辱！你胆敢侮辱我，我一头撞死在你面前！"张飞听严颜这么一说，急忙把手一挥，止住部下，然后才对严颜说："撞死俺倒便宜了你！俺要砍掉你的脑袋！"严颜昂然道："要杀便杀！巴郡只有断头将军，没有投降将军！"张飞冷笑着说："哼哼，你当俺杀不了你？你的头有什么不一样？还不是一砍就掉？"严颜也冷笑着说："你杀我自然容易，但我的部下必定和你死战，为我报仇！"张飞一听，不由得一愣，心想："要是严颜的部下都和俺这么死缠，俺老张啥时候才能赶到雒城救大哥呀？"正想着，只听严颜说："要杀便杀，何必啰唆！"张飞看着严颜那宁死不屈的样子，心里又气又爱又钦佩，气的是严颜的死硬到底，爱的是严颜的忠义，钦佩的是严颜的胆量和骨气。张飞心想："这样忠义勇敢的人杀了太可惜！可是怎么才能使他归顺俺老张呢？罢，罢，俺老张做到仁至义尽，看他怎么样？"想到这儿，张飞走下台阶，亲

手解开捆着严颜的绳子，又解下自己的战袍披在严颜身上，然后把严颜扶到大堂正中坐好，低头便向严颜下拜。

严颜本来已经抱定了必死的决心，但看到张飞给自己解开绳索，披上战袍，正不知道是怎么回事，忽然看到张飞向自己下拜，不由得大吃一惊，说道："这……这……"只听张飞说道："这些日子以来，俺说的话多有得罪，请老将军原谅！"说完又是深深一拜。严颜万万料不到张飞这员虎将居然说出道歉的话来，更是不知怎么回答，过了半天才说："张……张将军，你……你……"张飞大声说："俺早就知道老将军是英雄豪杰，要成就大业！俺大哥仁慈宽厚，诸葛军师神机妙算，俺二哥威震天下！老将军如果能同心协力，咱们一定能兴复汉室，成就大业！严老将军，俺老张佩服你忠义勇敢，宁死不屈！俺这里有礼了！"说完又是深深一拜。严颜禁不住心头一个热浪打来，两眼湿润了。被擒不杀，已经是天大恩惠；而张飞又如此诚心诚意地向自己赔罪，自己即便是铁石心肠，也不能无动于衷！想到这，严颜长叹一声，上前扶起张飞，哽咽着说："张……张将军，我……我……我服了你了！"

张飞见严颜愿降，心中大喜，便令军士设宴庆贺。酒宴之间，张飞虚心地向严颜请教进军西川的方法。严颜诚恳地说："败军之将，蒙将军不杀之恩，理当尽心竭力！张将军放心，从巴郡到雒城，一路关口都是我统管。老夫当为前部先行，给将军开道！"张飞连连拜谢。

果然，一路上严颜开路，毫无阻挡。张飞一帆风顺，赶到雒城，杀散围兵，救出刘备。几天以后，诸葛亮才率赵云赶到。诸葛亮见张飞早就来到，大吃一惊，急忙问缘故。张飞大笑说："一路上关口四十五处，严老将军挥手即过。俺只是喝酒吃肉，不费吹灰之力，顺利到了雒城。"诸葛亮得知事情的经过之后，

向刘备祝贺道："翼德能用智谋，这是主公的洪福（大福气）！"张飞哈哈大笑，好不得意！忽然想起一件事，对诸葛亮说："军师，你可不许赖！"诸葛亮笑着说："我赖什么？"张飞瞪大眼睛说："俺和军师打赌，谁先到雒城谁赢，俺这不是赢了？"诸葛亮哈哈一笑说："当初我们又没说赢什么，怎么能说我赖？"张飞急了，一把抓住诸葛亮的手，说："军师，不管怎么说，你得给俺——"诸葛亮接着说："一坛好酒！对不对？"张飞摇摇头说："不对！是两坛好酒！"诸葛亮奇怪了，问道："为什么是两坛好酒呢？"张飞大声说："一坛是俺的，还有一坛是严老将军的！没有他，俺连这坛也喝不上！"

英雄相惜，不打不相识

· · · ·

诸葛亮、张飞两支救兵会师雒城之后，刘备的兵力大大加强。诸葛亮连施妙计，张飞、赵云众将英勇作战，刘备节节胜利，大军直逼益州的州府成都。益州牧刘璋大惊，急忙派人到汉中太守张鲁那儿求救，并许诺成都解围以后，割让二十州的土地给张鲁。张鲁大喜，随即发兵。

刘备、诸葛亮正准备攻打成都，忽然葭萌关守将孟达、霍峻送来紧急军情：张鲁派马超救援刘璋，现在正日夜攻打葭萌关；如果救兵来迟，葭萌关就要被马超攻破了。诸葛亮看完情报，考虑了一下说："只有翼德、子龙二将，才能抵得住马超。"刘备说："翼德正好在此，请军师赶快派他去吧！"诸葛亮微微一笑说："主公先别说明，让我激一激翼德，鼓鼓他的劲儿。"

张飞得知马超攻打葭萌关的消息，急忙来见刘备，一进门就高声喊道："大哥，俺这就跟你告别，去战那马超！"诸葛亮

装作没听见，对刘备使了个眼色，很为难地说："主公，那马超英勇善战，武艺高强，这里的众将没人能抵得住他。除非到荆州去请云长来，才能敌得过他。"张飞一听，气得瞪大眼睛走到诸葛亮面前，大声说道："军师，你也太小看俺了！当年在长坂桥上，俺一人就挡住了曹操的百万大军，难道俺还怕一个马超吗？"诸葛亮摇摇手中的羽毛扇，说："那不一样。当年在长坂桥上，那是曹操不知虚实；要是曹操知道你的底细，你哪能挡得住曹操？"张飞一急，张嘴就要说话，诸葛亮把羽扇一摆，拦住张飞的话头，接着说："那马超之勇，却是天下闻名。当年在渭水与曹操大战，不是用什么疑兵之计，而是和曹操真刀真枪、硬碰硬地对阵厮杀，直杀得曹操甩了袍子，割了胡子，差一点连命都丢了。这样的勇将，哪里是一般人能比得了的？就是云长来，也不一定能胜。"

诸葛亮这番话直说得张飞瞪着眼，张着嘴，脸憋得通红，就是找不出话来反驳诸葛亮。诸葛亮看在眼里，心里暗暗好笑，转过头来对刘备说："主公，这就派人去荆州请云长来吧。"刘备强忍着笑，点了点头。张飞一看真的要去请关羽，这回可真的急了，上前一把抢过诸葛亮手中的扇子，大声叫道："军师，你……你不能叫俺二哥来！俺这回就要去！"又转过脸来对刘备说："大哥，这回你就让俺去吧！"刘备摇摇头说："军中大事，一切听军师调遣，我可不能自作主张。"张飞听刘备这么一说，可傻眼了，心想："坏了，这一仗真的要捞不到打了！"愣了一下，眉头一皱，眼珠一转，赶快换上笑脸，慢慢蹭到诸葛亮身边，左手拉拉诸葛亮的胳膊，右手扬起扇子轻轻给诸葛亮扇了几下，"嘿嘿"傻笑两声，说："军师，你听俺说，俺二哥镇守荆州，责任重大，哪能离得开？再说路又这么远，来回要一两个月，远水解不了近渴，哪能来得及？对不对？等俺二哥来了，葭萌关也攻破了，还有啥用？军师，你说俺讲的有没有道理？"

诸葛亮拿过张飞手里的扇子，扇了两下，点点头说："翼德说的确有道理。"张飞一听，高兴得嘴一咧。诸葛亮顿了一下，接着说："不过……"张飞一听"不过"这两个字，又把心提到了嗓子眼，只听诸葛亮又慢吞吞地说："不过……"张飞急得汗都出来了，大叫一声："哎哟，俺的好军师啊，你就快说吧，把俺老张都急死了！"诸葛亮这才说道："不过，要是让你去，败给了马超，那可就误了大事呀！"张飞一听有门儿，高兴得差一点没跳起来，拍胸脯大声说："只要军师让俺去，俺愿立下军令状！胜不了马超，情愿受军法处置！"诸葛亮说："好，翼德愿立军令状（借指接受任务时所做的按时完成任务的保证），我就同意你去。"张飞一听这句话，觉得比什么声音都好听，赶快给诸葛亮行礼，然后哈哈大笑说："孔明先生，你真是个好军师啊！"

诸葛亮命魏延带五百人马探路先行，张飞率主力部队随后跟进，刘备压后阵。三路人马即刻出发。

魏延带五百人马先到葭萌关下，正遇上马超的部将杨柏率领人马攻城。魏延立刻上前交战，战不到十个回合，杨柏败走。魏延纵马赶去，正赶上马超的弟弟马岱前来救援。魏延以为是马超，想抢个头功，拍马舞刀上前厮杀。战不到十个回合，马岱又败走。魏延纵马赶去，马岱回身一箭，正中魏延左臂。魏延中箭，回马就走，马岱紧紧追来，眼看就要追上，忽听得一声雷鸣般的大吼："杀——"马岱大吃一惊，急忙勒马，只见一员大将威风凛凛，来到面前。马岱一听那声天下无双的大吼，就知道来将是张飞。张飞指着马岱喝问："你是什么人？先报上姓名，俺再和你厮杀！"马岱说："我乃西凉马岱。"张飞一听不是马超，顿时觉得很泄气，对马岱说："噢，你原来不是马超啊！那你快回去吧，你不是俺的对手！你叫马超自己来，就说燕人张飞在这里等他！"马岱一听大怒，喝道："你胆敢小看我！"挺枪跃马，

直冲张飞。张飞一看，心想："嗬，胆子还不小哇！俺就陪你玩玩吧！"一连七八矛杀去，马岱招架不住，回马败走。张飞也不追赶，大声叫道："俺也不追你，回去别忘了给马超带个信儿，叫他明天来跟俺决战！"

第二天天一亮，葭萌关下鼓声大震，马超率兵来到。刘备、张飞上城观看，只见马超挺枪纵马出阵，头戴银盔，身穿银甲，肩披白袍，胯下白龙马，手持亮银枪，英气勃勃，相貌堂堂！刘备忍不住赞叹道："人说'锦马超'，果然名不虚传！"张飞冷笑一声："哼！俺马上把这个'锦马超'变成烂马超！"立刻就要下关出战。刘备劝阻说："暂时不要出战，先避一下马超的锐气。"关下马超见无人出战，便叫着张飞的名字骂阵挑战。张飞在关上急得冒火，恨不得一口把马超吞了，三番五次要出战，都被刘备拦住，说是等中午以后，马超人马疲倦了，那时再出战。张飞看着天上的太阳，恨不能一矛就把太阳挑到西边去。

终于，太阳有点偏西了。刘备说："三弟，可以出战了，要多加小心！"张飞大喜，说："大哥，放心吧，俺非胜不可！"点起五百骑兵，冲出关去。马超见张飞出关，精神一振，把枪往后一挥，退军一箭之地，摆好阵势准备厮杀。

张飞的五百骑兵一阵风卷出葭萌关，摆好阵势。张飞头戴铁盔，身披铁甲，披一件黑色战袍，骑一匹黑色烈马，像一股黑旋风卷到阵前，手持丈八蛇矛，指着马超高声叫道："认得燕人张翼德吗？"马超冷笑一声，说："我家世代王侯，哪认得你这乡村汉子！"张飞大怒，喝道："难道你没听说俺一声喝退曹操百万兵马吗？"马超又是一声冷笑，说："哼，你也该听说我杀得曹操弃袍割须，狼狈逃窜！"张飞一咬牙，叫道："好！俺今天就跟你分个胜败！"马超也大叫道："我也正要跟你比个高低！"张飞大喝一声："少啰唆！来吧！"回身向阵中一挥手，

大喝一声："擂鼓！"马超也向自己阵中大喝一声："擂鼓！"顿时战鼓咚咚，惊天动地，一场龙争虎斗的大战终于开始！葭萌关下顿时战云弥漫，杀气逼人！

张飞挺起蛇矛，催动黑色烈马，高喊一声："杀——"像一股黑色的飓风，挟带着雷霆万钧之力，直向马超扑去。马超也高喊一声："杀——"像一股银色的高山激流，挟带着穿山越岭的力量，直向张飞冲来。蛇矛和银枪相撞，迸出点点火星。两军将士齐声高喊，声震山谷！

张飞、马超二人反复冲杀十多个回合，不分上下，接下来就是近身搏击，面对面厮杀！只见一团黑风和一团白云搅在一起，枪矛撞击声密如雨点。枪来如银蛇出洞，矛去似乌龙翻滚。进攻如暴风骤雨，摧枯拉朽；防守如铁壁铜墙，风雨不透！张飞、马超二人势均力敌，棋逢对手。激战中，只见张飞大喝一声，挺矛刺去，丈八蛇矛直奔马超前心，其势迅雷不及掩耳！忽见马超陡然一个"铁板桥"，仰身马背，蛇矛贴面而过，相差不过分毫！马超挺身而起，挥动银枪，劈头猛击，其势如玉蟒腾空，凶猛而灵活；张飞急使一招"二郎担山"，横担长矛，俯身马鞍，就听"啪"的一声，枪杆击在矛柄上，离张飞的脊背只有一寸之隔！两人的招数都是极快、极猛、极险！谁慢一点，就会穿胸破肚；谁松一点，就会臂折腰断。这正是：恶斗显勇士，苦战见英雄！二人大战一百多个回合，直杀得天昏地暗，日月无光，还是不分胜败。刘备见张飞、马超二人如此勇猛，武艺高强，忍不住赞叹道："真是虎将啊！"

张飞和马超正在激战，忽然听到自己阵中响起"当当当"的鸣金收兵声，便收回蛇矛，拨马回阵。马超见张飞回阵，自己也回阵休息去了。张飞回到阵中下马，问刘备："大哥，俺正杀得痛快，为啥收兵啊？"刘备用袖子抹去张飞头上的汗珠，疼爱地

说："三弟，战这么长时间，也该歇歇了。再说，就是你不累，你的马也累了！"张飞回头一看，他那匹心爱的黑色战马已是全身大汗。张飞走过去，抚摸着马头说："大黑马呀大黑马，今天可辛苦你啦！"大黑马轻轻刨动前蹄，用头蹭了蹭张飞长满胡须的脸面，显得十分亲热。张飞心头一热，拍了拍大黑马，说："大黑马，接下来可全靠你啦！"大黑马仰头一声长嘶，似乎在说："主人啊，你就放心吧！"

张飞休息片刻，又翻身上马，也不戴头盔，只用头巾裹头，纵马来到阵前，大声叫道："马超，你还敢再战吗？"马超挺枪出阵，高声说："我等你多时了！"二人纵马舞枪，又战在一起。二人都知道今天遇上了劲敌，要想取胜，必须首先保护自己不失，然后再伺机伤敌。所以这一番恶战，二人都是守得异常严密，看准机会才闪电般地进行攻击，一击不中，立即转为防守。不多时，二人来来回回又斗了一百多回合。刘备在阵前观看，一来怕张飞有个闪失；二来爱马超英勇，便令鸣金收兵。张飞、马超各自回到阵中。

此时天色已晚，红日西沉。西天边的晚霞把天空染得血红，四周的群山莽莽苍苍，渐渐都变成墨绿色，真是苍山如海，残阳如血。刘备看看天色，对张飞说："三弟，马超英勇，不可轻敌。今天时候已经不早了，我们暂且收军回关，明日再战。"张飞正杀得兴起，哪里肯罢休！大声说："大哥，俺已经给军师立下军令状：不胜马超，愿受军法处置！今天俺非和马超决一死战不可！不胜马超，誓死不回！"刘备劝道："三弟，你已苦战一天，怎么还能再战？"张飞一拍胸膛，说："俺一点儿也不累！"刘备又劝道："三弟，就算你不累，黑夜之中如何战斗呢？"张飞说："多点些火把，俺与马超夜战！就是战到天明，俺也得把他打败！"军士们一听，都暗暗叫苦，心里说："我的妈呀，你怎

么那么大的劲呀！你要是打不赢，我们今晚可就睡不成啦！"

这时马超已经换好了马，来到阵前，大叫道："张飞，你敢和我夜战吗？"张飞听马超挑战，雄心更盛，换了刘备的战马，冲出阵来，大叫道："俺要是不捉住你，誓不回关！"马超也挺枪高叫道："我要是不捉住你，誓不回寨！"二人各向阵中大喊一声："点火！"双方军士齐声呐喊，千百支火把顿时点亮，把葭萌关照耀得像白天一样。战鼓再次响起，张飞、马超各自挥矛挺枪，又战成一团。

黑夜不比白天看得清楚，张飞、马超更是小心。二人都想早一点战胜对方，出招更为凶狠迅速。二人连遇险招，几乎是凭着感觉和经验才把来招化解掉。马超本来以为张飞长途救援，又

没能得到休息，苦战一天必定疲劳，自己便可以找机会取胜，没想到张飞不但丝毫不显疲劳，反而越战越勇，马超不由得暗暗佩服："人说张飞勇猛过人，果然名不虚传！"又战了二十个回合，马超心想："张飞勇猛，不能和他死拼，必须想法智取。"想到这里，拨转马头就走。张飞见马超突然败走，料想马超八成是假败，引自己上钩。但他毫不惧怕，心想："有什么本事就全使出来吧！俺老张还怕你不成？"大喝一声："哪里走！"拍马追来。马超一看张飞来追，心中暗喜："好你个猛张飞，马上就要叫你尝尝我的厉害！"暗暗取出流星铜锤，放慢速度，看看张飞追近，回身就是一锤，那锤如流星一般直朝张飞头上飞去。张飞一见一个黑乎乎的圆球朝自己飞来，霎时已到面前，急忙猛地侧身偏头，那锤头"嗖"的一声从耳边飞过。要是再慢一点，张飞就脑浆迸裂了。张飞一惊，突然灵机一动，大叫一声："哎哟！"装作受伤，勒转马头就走，暗地却取出弓箭。马超听张飞大叫一声，以为张飞受伤，纵马急追。张飞伏在马上，悄悄往后观看，见马超越来越近，猛然挺起身，弯弓搭箭，扭身便射，真是弓如满月，箭似流星，一箭直奔马超咽喉。马超万万没想到张飞也会来这一手，等到发现，那箭已逼近咽喉。说时迟，那时快，马超陡然一个"镫里藏身"（dèng lǐ cáng shēn，一种骑术。骑在马上的人身体弯倒在马的一侧），滑下马鞍，才躲过这追魂夺命的一箭！张飞一看机会来了，勒马挺矛便刺。马超刚刚坐上马鞍，没料到张飞这一矛来得这么快，百忙中来不及挺枪招架，只得把腰一扭，那矛头贴着腰刺过。马超奋力用胳膊一夹，竟把矛头夹住。张飞奋力一拉，竟未能拉回，这时马超又挥枪打来，张飞奋起神威，伸手迎枪抓去，一把把枪抓在手里。两人见自己的兵器都被对方抓住，便拼命拉扯。只听"嘣"的一声，两人同时滚下马来。马超一落地，便双手放开枪杆矛头，挥动双拳，直扑张飞。张飞也急忙松开枪杆，上去抱住马超，两人顿时扭成一团，

在地上滚来滚去。

刘备见此情景，急忙来到阵前，高声叫道："二位将军住手，不必再战。马将军请放心收兵回寨，我绝不乘势追赶！"张飞、马超恶战了一天，此时此刻也确实累了，听刘备这么一喊，都慢慢松开了手，站起身来。两人手里似乎都多了一样东西，低头一看，马超手里抓的是张飞的头巾，张飞手里拿的是马超的头盔；再看对方，都是头发蓬乱，满脸灰尘，身上沾满了泥土，哪里还像什么大将，倒像是乡下打架的汉子。两人都觉得有点滑稽好笑，互相瞪了一眼，各自回阵。

第二天一早，张飞又要出关去战马超，忽报诸葛亮来到。刘备把张飞大战马超的事说了一遍，然后说："我见马超英勇，非常喜爱，要是能得到他就好了！"诸葛亮说："翼德与马超死战，必有一伤。马超如此英勇，应该用计让他来归降。"刘备忙问："什么计？"诸葛亮说："反间计。只要如此如此，马超自然来降。"刘备一听大喜，命人按计行事。只有张飞听了不大高兴，嘴里咕哝着说："这条计可不怎么光明正大。人家马超就是输了，输得也不服气！"

诸葛亮的反间计果然有效。马超前有张飞，后又受到张鲁的催逼控制，进退两难。恰好马超的朋友李恢前来劝他投降刘备。马超想想张鲁的威逼无礼，又想想刘备的仁慈宽厚，终于答应了。

这天早晨，还是在葭萌关下，张飞和马超又见面了。张飞手捧马超的银盔来到军前，对马超施礼说："马将军，这是你的银盔。前日俺多有得罪，俺这里给你赔礼了！"马超接过银盔，送回张飞的头巾，也还礼说："张将军英勇过人，我确实佩服！"张飞上前拉着马超的手说："马将军，咱们是不打不相识！今后，咱们就是一家人啦！"

屡施妙计，有勇有谋

• • • •

　　张郃是曹操手下大将，武艺高强，骁勇善战，一般的人他根本不放在眼里。不过，张郃最怕的就是张飞！因为他一连败给张飞三次，而且败得还挺惨！

　　刘备收降马超后，挥师西进，不久便进入成都，平定了西川。曹操得知这个消息大惊，急忙发兵进攻张鲁，不久攻占了汉中，平定了东川。刘备得到这个消息，便命令马超驻守下辨，张飞驻守巴西，一来防备曹操的进攻，二来可以寻找有利的时机，向汉中进军。曹操接到汉中来的军情报告，便令曹洪为主将，领兵五万，进驻汉中，和夏侯渊、张郃一起，抵抗马超、张飞。

　　曹洪领兵来到汉中，便传下命令：张郃、夏侯渊分别把守各地的险要之处，不得轻易出战。张郃接到这个命令，心里还挺不服气，心想："我也是魏王手下的大将，跟随魏王一二十年，立下很大功劳。现在倒要听你发号施令，真憋气！"可是曹洪是主

111

将，又是曹操亲自派来的，张郃也只得服从，于是带领三万人马，在宕渠山、蒙头岩、荡石山三个地方依据山险下寨驻扎，和巴西方向张飞的军队对峙。

又过了十多天，曹洪还是命令坚守不战。张郃肚子憋得鼓鼓的，心想："我随魏王南征北战，攻无不克，战无不胜，什么时候做过缩头乌龟？这曹洪的胆子太小，听到张飞、马超的名字，吓得都不敢出战了！哼，你害怕张飞、马超，我可不怕！"张郃越想越气，跑去向曹洪请战，说："据我所知，张飞驻扎在巴西，手下只有一万五千人马，我部下则有三万人马，多出张飞一倍。巴西又是军事要地，如果攻占了巴西，攻取西川就易如反掌。我愿率领人马，前去攻打巴西。"曹洪一听张郃请战，有些不高兴，心想："我明明下令坚守，你偏偏要出战，这分明是看不起我这个主将！"便对张郃说："张飞是当世的名将，不可轻敌。坚守不战才是上策。"张郃一听曹洪又是那一套，还说什么是"上策"，心里更气，大声说道："曹将军为什么要长别人的志气，灭自己的威风？人人都怕张飞，听到他的名字就不敢出战，张飞有什么了不起？在我看来，那张飞就跟小孩儿一样！我这回一定把他捉来！"曹洪一听张郃话里有刺，似乎在嘲笑自己害怕张飞，心中大怒，表面却不露声色，冷冷地说："张将军不是开玩笑吧？你能保证把张飞捉来？如果有失该当如何？"曹洪这冷冷的三问好比是火上浇油，张郃心中更气，大叫道："我愿立下军令状，如若有失，捉不来张飞，情愿受军法处置！"当时张郃就立了军令状，然后点齐一万五千人马，离开宕渠寨，杀奔巴西而去。

张郃出兵攻打巴西的消息早有探子报告给张飞。张飞一听哈哈大笑，说："俺老张这几天没打仗，正闷得慌！张郃这家伙来陪俺解闷，好！好！好！"张飞一连说了三个"好"，高兴得

两只大手直搓，正要下令出兵迎战，又一想："大哥和军师夸俺自入西川以来大有进步，能用计了，这才派俺来巴西。嗯，这一仗俺可得好好想想该怎么打，叫张郃也尝尝俺的妙计！用什么计呢？……"张飞仰着脸想了半天，猛一拍大腿，说："好，就这么打！"他派人把副将雷铜喊来，如此如此安排一番，然后自己领兵一万，出城迎敌。雷铜则领兵五千，另行他处了。

张飞出城大约走了三十里，正好与张郃相遇。两军摆开阵势。张飞横矛立马，立于阵前。张郃纵马挺枪出阵，高声叫道："认得大将张郃吧？"张飞哈哈大笑说："俺本来不认识，你这一叫俺才认得。张郃，张郃，你不就是嘴一张一合吹大气的张郃吗？"张郃大怒，拍马挺枪直向张飞冲去。张飞大喝一声："来得好！"挥矛纵马，迎上前去，二人顿时杀成一团。那张郃早在曹洪面前夸下海口，立下军令状，因此一交手就使出全力，恨不得一枪就把张飞刺死。没想到几个回合下来，不但占不到丝毫上风，反而越来越被动。张飞见张郃的锐气渐渐衰退，便开始反击，丈八蛇矛如暴风骤雨一般猛击过去，上一下二，前三后四，左五右六，泰山压顶，黑虎掏心，乌龙取珠，玉带缠腰，一招快似一招，一招紧似一招。张郃只觉得自己周围都是蛇矛的影子，也来不及辨别张飞的招数，只是奋力把一杆枪舞得风雨不透。二十个回合下来，张郃已是浑身大汗。正在这时，张郃的后军忽然喊叫起来，说是部队后方发现蜀军的旗帜。原来是雷铜率兵迂回到魏军的后方。张郃本来已经在拼命招架，听到后军的喊叫，心里更是发慌，再也不敢恋战，拨马就逃。张飞大喝一声："哪里走！"率军紧紧追来。张郃正逃着，雷铜率人从山谷中杀出来，张飞在后面又紧追不舍，前后夹击，杀得魏军大败，纷纷投降。张飞、雷铜连夜追赶，一直追到宕渠山下。

张郃只带着几十骑人马逃回宕渠寨，回到寨中还惊魂未定，

心想："我的妈呀，没想到张飞这么厉害！早知如此，我吹牛干吗呀！"即刻传令蒙头寨、荡石寨坚守不战。

张飞追到宕渠山下，见宕渠寨地势险要，一时难以攻破，便离山十里扎寨，然后每天命军士到山下骂阵挑战。张郃呢，第一仗吃了个大亏，丢了一万五千人马，可学了个乖，无论山下怎么骂，他就是不出战。张飞率兵攻山，他就命令军士投下滚木礌石；张飞的军士骂他，他就命军士在山上对骂。张飞一时倒也没什么妙计，气得满腔怒火，每天喝醉了酒，就坐在山前大骂张郃。张郃天天挨骂，倒也不在乎，反正挨几句骂也少不了一两肉；要是受不了骂下山出战，给张飞那丈八蛇矛戳一下，那可就太划不来了。张飞和张郃就这么一个山下，一个山上；一个大声骂，一个装聋，不知不觉一个多月过去了。

刘备在成都，时刻挂念着他这个猛三弟。听说张飞初战大胜张郃，便派人来军中犒劳。来的人回成都向刘备报告，说张飞天天喝酒，喝醉了就乱骂。刘备很担心，就问诸葛亮该怎么办。诸葛亮一听，微微笑道："原来是这样啊！军中缺少好酒，翼德又爱喝酒，成都又有很多美酒，应该多送些美酒去，让翼德好好喝一喝。"刘备一听，很不以为然，说："我三弟历来是喝酒误事，军师怎么反而送酒给他喝呢？"诸葛亮笑着说："主公和翼德做了多年兄弟，还能不了解翼德吗？翼德自来性格刚强，但西进入川，义释严颜，这就不是一个有勇无谋的人所能做得了的。张飞和张郃相持五十多天，翼德每天大醉骂阵，旁若无人，这不是贪杯，而是假醉；这不是粗疏，而是用计呀！"刘备这才明白，但终究不放心，便派大将魏延前去送酒，以便帮助张飞作战。

张飞见魏延送来美酒，心中大喜，高兴地说："大哥和军师真了解俺呀！"又把雷铜喊来，对魏延、雷铜如此如此安排一番，然后把酒赏给军士，击鼓奏乐，开怀畅饮。张郃忽然听见山

下响起鼓声、音乐声，不知怎么回事，急忙出寨观望，只见蜀军围在张飞帐前喝酒，张飞则坐在帐中，一边喝酒，一边看两个小卒打架摔跤。军士们不时哈哈大笑。张郃不知张飞搞什么名堂，就派了几个小兵悄悄地下山探听。

过了半天，几个小兵回来向张郃报告。张郃一听，差点没气晕过去。原来张飞找了两个小卒，一个又高又大，背上写着"张飞"两个大字；一个又瘦又小，背上写着"张郃"两个大字。那扮演张飞的小卒威风凛凛，拳打脚踢，嘴里还不停大叫着："打死你个龟儿子！打死你个王八蛋！"那扮演张郃的小卒则在地上又滚又爬，又哭又叫，嘴里还不住地哀求说："张飞爷爷，饶了孙子张郃吧！""张郃"每叫一声，周围的军士便一阵哄笑。张郃听完小兵的报告，气得"哇呀呀"一阵怪叫，咬牙切齿地说："张飞，你欺我太甚！我张郃不报此仇，誓不为人！"随即传令：乘张飞醉酒，今夜下山劫寨；并传令给蒙头、荡石两寨，准备救援，以防劫寨有失。

夜里二更时分，张郃率兵从宕渠山两侧悄悄下山，然后直奔张飞大寨。张郃在寨前远远望去，只见张飞大寨中灯火通明，却听不到什么声音。张郃心中暗暗高兴，心想："张飞一定喝醉了！嘿嘿，想不到我会来劫你的寨吧！马上我就给你来个瓮中捉鳖，看你往哪里跑！"张郃命军士推开寨门，大喊一声，直杀入军中，冲入张飞大帐，只见张飞趴在桌子上，一动不动。张郃一见张飞，怒从心头起，恶向胆边生，大叫一声："张郃爷爷来啦！"纵马挺枪，使出浑身的力气，狠狠一枪刺去。只听"噗"的一声，张飞倒在地上，张郃自己也给闪得一晃，差一点从马上掉下来。原来张郃这一枪用力太大太猛，而刺中的张飞又软又轻。张郃暗叫一声："奇怪！"仔细一看，原来刺倒的是个草人！张郃大叫一声："不好！又中了张飞的计了！"话音未落，

猛听得连珠炮响，火光四起。张郃勒马回头就走，猛听得一声巨雷般的大吼："张飞爷爷在此！"只见火光中张飞挥矛挺立，拦住去路！张郃知道这回凶多吉少，搞不好小命也得丢在这儿，于是拼死来战张飞，指望能争取一些时间，等待蒙头、荡石两寨有救兵来到。没想到跟张飞拼了半天，连个救兵的影子也没见到。张郃越战越慌，一面拼命招架，一面四下张望。张飞见张郃那个狼狈样，忍不住哈哈大笑说："张郃，你的两路救兵已被俺派魏延、雷铜杀败，夺了山寨，就连你的老窝也给俺端了！"张郃果然看到宕渠寨中火起，心中大惊，心想：再不跑就来不及了！虚晃一枪，拨马就逃，收拾残兵败将，连夜逃往瓦口关去了。

张郃清点人马，三万人只剩下一万，他料想抵挡不住张飞，便派人向曹洪求救。曹洪听说张郃大败，心中大怒，对张郃派来的人说："你回去告诉他，他当初不听我的命令，逞英雄夸海口，非要出战；如今折了人马，丢了营寨，还有脸来求救？！叫他快快出战，将功补过，不然的话，军法处置！"来人回去向张郃传达了曹洪的话，张郃心中十分惊慌，只得想办法出战。吭哧了半夜，总算想出来一个"埋伏计"。

张飞追到瓦口关下，离关二十里扎寨。忽然军士来报，说张郃前来挑战。张飞觉得有些奇怪，心想："他第一次败给俺，就吓得不敢出战，这一回刚刚逃到瓦口关，为啥就来挑战？俺倒要看看他能玩什么花样！"于是点齐军士，出寨迎战。没想到战不到几个回合，张郃就往回败走。张飞心想："嗬，还没玩两下就跑，你想干什么？"就勒马不追。张郃见张飞不追，转回来又战，战不几回合，又往回败走。这回张飞心里就明白了，知道张郃是想引自己追赶，前面一定有埋伏，于是打了个呵欠，对张郃说："老子今天困了，明天再战。"说完就收兵回寨去了。张郃见张飞不追，气得干瞪眼，只好收兵回瓦口关去了。

张飞回到寨中，跟魏延商量说："张郃这家伙今天想骗俺中他的埋伏计，俺想明天给他来个将计就计。"魏延问道："怎么个将计就计？"张飞说："明天俺率军队追赶张郃，你带精兵跟随在后。等张郃的伏兵杀出抄俺后路时，你再杀出，把伏兵堵在山沟里，再用柴草车堵住山口，放火烧他。怎么样？"魏延听张飞一讲，大声说："好！就这么办！"

第二天一早，张郃又来挑战，张飞率兵出战。战了十多个回合，张郃又装败，张飞追了几里路就停了下来；张郃回马再战，战不到几个回合又败，就这样边战边走；终于把张飞引进伏兵的山口。张郃以为张飞中了他的埋伏计，命令军队回头作战，自己则和张飞战在一起，指望伏兵杀出，前后夹攻，困住张飞。不料自己的伏兵没等出来，却等来了魏延的军队。原来魏延等张郃的部队杀过山口后，领兵堵住山口，点火烧着柴车，山谷里的草木顿时烧了起来。张郃的伏兵又挨火烧，又挨烟熏，哭爹喊娘，乱成一团。张飞见山口烟火滚滚，知道魏延已经得手，高声叫道："张郃，你的狗屁埋伏计已经完蛋，别做你的美梦了！"张郃听张飞一喊，连连叫苦，心想："这真是偷鸡不成反蚀了一把米。"拼命冲开一条路，逃回瓦口关，命令坚守，再也不敢出来了。张飞知道张郃这一回是真的学乖了，就是让张郃的亲爹来叫关，张郃也不敢出来。张飞于是和魏延带领十几个骑兵，到瓦口关两边的山里寻找小路，看能不能绕到瓦口关背后，出奇兵破关。张飞忽然看见几个人背着包袱，沿着小路往这边走来。张飞精神一振，对魏延说："夺取瓦口关，就在这几个百姓身上！"对身后的军士说："去把那几个百姓请来，可别吓着他们。"军士急忙前去，不一会儿和那几个百姓来到。张飞先好言好语安慰一番，然后问道："这条小路能绕过瓦口关吗？"那几个百姓回答："从这小路往前走，绕过前面这座山，就是瓦口关的背后。"张飞大喜，把几个百姓带回寨中，请他们喝酒吃肉，然后请他们明天带路。

这几个百姓满口答应。张飞命魏延第二天在瓦口关前攻打，自己则率领五百轻骑，从小路绕到瓦口关后，出奇兵前后夹击，攻破瓦口关。

张郃连连吃败仗，曹洪又不发兵救援，点点手下的军士，还有四五千人；想想自己立下的军令状，真不知道自己的脑袋还能在脖子上长几天。正在发愁，忽然军士来报，说魏延正在关下攻打。张郃急忙披挂上马，正要下关迎战，忽然军士又来报告："关后火起，不知从哪里来的兵马。"张郃大声说："胡扯！难道张飞的军队能从天上掉下来吗？"话音未落，关后已响起一片喊杀声。张郃急忙率兵赶往关后，远远望见一将，手持蛇矛，身跨黑马，满脸虎须，声如雷鸣："张郃，你往哪里走？"张郃一见张飞，好比老鼠见了猫，浑身都酥软了，二话没说，扭头就逃。张飞纵马便追，如猛虎下山。张郃这会儿真恨不得变成老鼠，钻到一个小洞里藏起来，逃到后来，连马也不要了，爬到山上乱钻；总算他命大，找到一条小路，逃回去见曹洪了。

曹洪见张郃只剩了十来个人，心中怒极，冷笑着对张郃说："恭喜将军凯旋！张将军把张飞看作小孩子一般，想必已经手到擒来。那张飞现在押在哪里？"张郃跪在地上，头也不敢抬，小声说："末将无……无能，兵……兵败而归。"曹洪把案子一拍，大喝道："当初我不让你去，你非要去！还立下军令状，说什么活捉张飞，攻占巴西。如今你全军覆没，丢关失地，还不知羞耻，竟敢回来见我！你不自杀谢罪，还来干什么？推出去斩了！"郭淮向曹洪求情说："张郃虽然有罪，却是魏王非常喜爱的大将。请将军饶他一命，让他日后戴罪立功。"曹洪这才饶了张郃的性命，鼻子里却"哼"了一声说："也不知道大王怎么会喜爱这样的笨蛋！"郭淮说："并非张将军无能，而是张飞太厉害了，张郃确实不是他的对手啊！"

瓦口关中，张飞正在命人起草送往成都的捷报。张飞端起酒杯，一饮而尽，然后说："你就写，俺连用妙计，三败张郃。这第一计嘛，是'前后夹攻'之计；第二计嘛，是'醉酒草人'之计；这第三计嘛，是'将计就计'之计；这第四计嘛，是那个……那个……"张飞拍后脑勺，自言自语地说："第四计是俺张飞从张郃的屁股后头给他一下，嗨，有了！"张飞一拍大腿，说："第四计是'刀切屁股'之计！"写捷报的人说："张将军，兵书上只有'前后夹攻''将计就计'之计，但没有'醉酒草人''刀切屁股'之计呀！"张飞大手一摆，哈哈大笑说："甭管兵书上有没有，只要能打胜仗，那就是俺老张的妙计！"

矛刺许褚，威震敌胆
····

在曹操手下的大将中，许褚的名气比张郃大多了。曹操把他比作汉高祖刘邦的勇将樊哙，曾拍着许褚的肩膀，喜爱地说："你真是我的'樊哙'呀！"渭水大战中，许褚和马超大战两百多个回合不分胜败，曹操高兴地把许褚叫作"虎侯"。许褚的名气这么大，连曹操家族的人见了他也要让他三分。张郃惨败给张飞的消息传到许褚耳里，许褚对张郃嗤之以鼻（用鼻子吭气，表示看不起），傲慢地说："哼，张郃有啥能耐？就会吹牛！我要是碰到张飞，一刀就把他的头砍下来！"许褚说这话的时候可不知道，他这个牛吹得比张郃还大，败得却比张郃更惨！

张飞大胜张郃，拉开了刘备进攻汉中的序幕，刘备随后挥师东进，连连获胜。曹操得到报告大惊，亲率四十万大军奔赴汉中，来和刘备决战。无奈诸葛亮用兵如神，连施妙计，黄忠、赵云、张飞等将勇不可当，曹操连连败退，一直退到了阳平关。

刘备得知曹操退守阳平关，坚守不战，便和诸葛亮商议说："曹操退守阳平关，势力已经很孤单了。但是曹操坚守不战，阳平关地势险要，易守难攻，先生有何妙计可以破敌？"诸葛亮说："我们不必强攻阳平关。曹操四十万大军需要很多粮草，我们只要设法断绝他的粮草，他还能久住吗？"刘备说："妙啊！就请先生调兵遣将吧！"诸葛亮又说："曹操一生最善于断别人的粮道，因此他必然派大将保护粮道。我们去截曹操的粮道，也必须派一员大将前去。"刘备说："翼德、子龙、马超、黄忠都有万夫不当之勇，都能胜任。"诸葛亮微微一笑说："我想曹操众将最害怕的就是翼德，当年长坂桥一声大吼，喝退百万曹兵；前不久又大败张郃，威震敌胆。曹兵见到翼德，无不胆战心惊，所以让翼德去劫粮最合适。"刘备一听也笑了，说："好，就派翼德前去。"

刘备派人把张飞叫来，诸葛亮向张飞布置了任务。张飞一听是劫曹操的粮食，高兴得哈哈大笑说："俺老张劫了曹操的粮食，叫他饿肚子，喝西北风，他就打不动喽！"诸葛亮等张飞笑完了，对张飞说："翼德，这次去劫粮是敌后作战，你要格外小心。有几件事请你记住。"张飞见诸葛亮要面授机宜，马上恭恭敬敬地坐好听着。诸葛亮说："第一，曹操必定派大将护送，翼德切不可轻敌！"张飞点头说："嗯，俺记住了，不管碰到谁，俺都当他是大将。"诸葛亮一笑，接着说："第二，行动要保守秘密，不能走漏消息。"张飞又点头说："对，要是他知道俺埋伏在哪，他就躲着俺走，俺就劫不到粮食了。"诸葛亮又说："第三，埋伏的地点要选择必经之地，而且地势要险峻。"张飞又点头说："对！对！"诸葛亮最后说："要速战速决，不可久战！"张飞说："这俺知道，军师不是常说'兵贵神速'吗？"诸葛亮笑了，说："翼德此去劫得粮食，回来我给你庆功！"张飞高兴地说："好，一言为定！"

再说曹操退守阳平关以后，便派人四处打听消息，注意蜀军的动静。不久，探子回报："蜀军把阳平关附近的小路都堵塞了，又放火烧山，但不知蜀兵在什么地方。"曹操一听心想："堵塞道路，蜀军不便出兵；烧光草木，蜀军又不好埋伏。诸葛亮到底搞什么名堂？"正在疑惑，又有探子来报："有蜀军在运粮的道路附近活动，听说是张飞的队伍。押解粮草的队伍要求派大将保护。"曹操听了报告，才明白诸葛亮是要断绝他的粮草。附近无法割草砍柴，不过多跑十里路，粮食可是一天也缺不得的。曹操急忙召集众将，说道："诸葛亮派张飞来劫粮，因此须派一员大将护送粮队。谁敢前去？"众将一听要去和张飞打交道，都觉得头皮发麻，谁也不敢张口。曹操见众将无人答应，心里恼火，心想："养兵千日，用兵一时，怎么你们一听张飞的名字就不敢动了呢？要是张飞劫了粮食，你们喝西北风啊？"又问一句："谁敢前去？"许褚见众将都不敢答应，心里可高兴了，心想："你们都胆小，才显得我老许胆大；你们都怕死，才显得我老许勇敢！"憋足了劲儿，高叫一声："我敢前去！"曹操心里正恼火，忽听有人答应，心里猛一高兴，循着叫声一看，原来是许褚。众将心里正在提心吊胆，生怕曹操硬派自己去，见许褚出来答应，这才都松了一口气。

曹操见许褚挺身而出接令，心里很高兴，走到许褚身前，拍着他的肩膀，说："非得我的虎侯，才能抵得住张飞啊！"许褚见曹操拍他的肩膀，一下一下拍得挺舒服的，又听曹操夸他能抵住张飞，心里可高兴了，头也晕乎乎的，大声说："我才不怕张飞呢！他敢动咱一粒粮食，我砍了他的头！"曹操说："好！你领一千精兵，速去护送粮队！不过，可要多加小心啊！"许褚一拍胸脯，说："主公放心，保证粮食一粒不少，全部运到！"

押送粮食的队伍见许褚领兵来到，这才放心。押粮官对许褚

说："要不是将军来到，这粮食就送不到阳平关了。"许褚大模大样地说："有我许褚在，你们尽管放心，保证没事儿！谁要是敢来劫粮，就是活得不耐烦了！"押粮官点头哈腰地说："对，对，将军英勇，天下无敌！要是有人敢来劫粮，那还不是屎壳郎飞到粪坑里——找屎（死）呀！"许褚听了，哈哈大笑。押粮官又拿出粮队带来的酒肉，请许褚吃喝。许褚更是高兴，开怀畅饮。押粮官又是吹，又是拍，不住地奉承许褚。许褚呢，又是吃，又是喝，不知不觉喝得大醉。

许褚吃饱了，喝足了，抹了抹嘴，对押粮官说："天不……不早了，咱们该……该走了。"押粮官一看许褚喝醉了，说话都结结巴巴的，哪还能保护粮队？就对许褚说："将军，今日天色已晚，前面一段山路地势险恶，怕不好过，还是明天一早再走吧。"许褚一听，瞪大眼睛看着押粮官，说："天……天晚怕……怕什么，天上不……不是有月……月亮吗？什么路不……不好过？我看你……你是害……害怕啦！"押粮官见许褚发怒，本来准备依着许褚连夜赶路，但万一丢了粮食，那可是砍头的罪，于是壮着胆子说："将军息怒！听说张飞在这一带活动，要劫粮队，这才报知大王请将军前来护送。万一有个差错，下官的脑袋可就保不住啦！"许褚一听大怒，大叫道："我……我有万夫不……不当之勇！我怕……怕谁？是张飞厉害还……还是我……厉害？"押粮官急忙回答："当然是将军厉害！"许褚说："那……那不就好了。我……我在前面开……开路，你们放……放心跟……跟我来！"说完提刀上马，只管自己前面走了，一千名军士随后跟上。押粮官暗暗叫苦，又无可奈何，只得催促粮队赶上。

走了一阵子，一路上倒也平静。这时已经是二更天左右了，月亮洒着冷清的光辉，四下里静悄悄的，只有马蹄声和士兵的脚

步声。许褚坐在马上，回头看看，粮队在后面紧紧跟着，再往前看，大路上也没什么动静。许褚边走边想："张飞想必是听说我许褚前来护送，不敢出来了，哼，那些人怕得要死，还算什么大将？只有我许褚，才是真正的大将！等我把粮食送到阳平关，主公肯定又要夸我了，说我……"猛听得鼓角震天，一支人马从山坳里杀出拦住去路，为首大将正是张飞！许褚嘴上说不怕张飞，真的见到张飞，还是有点吃惊，再加上酒还没醒，忍不住有点发慌。但一想自己在曹操和众人面前都说过大话，这会儿可不能装狗熊。张飞也不说话，纵马挺矛，直冲许褚，许褚硬着头皮，拍马舞刀来迎。二马相交，张飞一矛刺去，许褚慌忙举刀去架，却不料张飞意在速战速决，这一矛使足了劲儿，许褚竟没架开，矛头正中眉心。许褚大叫一声，翻身落马。手下军士见主将落马，急忙放箭，挡住张飞，冲上前去救护许褚，然后头也不回地逃跑了。至于那个押粮官，早跑得没影了。张飞往地上吐了口唾沫，很郁闷地说："什么狗屁虎侯，这么不经打！连张郃都不如！"

阳平关中，曹操望着伤势严重的许褚，没有再拍他的肩膀，而是摸着他缠满白布的头，唉声叹气地说："虎侯如果死了，谁来抵挡张飞呢？……"

刘备大营中，张飞眉飞色舞，正在给刘备、诸葛亮讲劫粮的经过："……俺就这一下，那个虎侯就下来了……"

天下太平空成梦，二哥之仇俟来生
····

日出日落，月圆月缺，江水滔滔，岁月流逝。张飞自告别二哥关羽入川，一转眼已是七年过去了。这七年之中，张飞虽然时时想念二哥，但因军务繁忙，重任在肩，除了在梦中和关羽相会，竟没有见过关羽一面。张飞的思念之情随着岁月的流逝越来越浓。刘备打败曹操、平定汉中后，让张飞驻守在阆中。张飞独自一个人，就更想二哥了。要不是重任在身，他真想骑上千里马，一天内赶到荆州，跟二哥好好地叙叙。

过了不久，荆州方面传来消息：东吴和魏国联合来攻荆州。张飞得到这个消息很为二哥担心，但是不久传来消息，说是关羽大破魏兵，攻克襄阳，水淹七军，活捉于禁，斩杀庞德。张飞听到这些好消息，又高兴又佩服，心想："俺二哥就是了不起！不但武艺高强，还深通兵法。以后见了二哥，得好好跟二哥学学！"

突然，噩耗传来：荆州被东吴攻占，关羽被孙权杀害！张飞猛然听到这个消息，如晴天一声霹雳，又如万箭穿心，顿时心痛头昏，大叫一声："俺的好二哥呀！"就昏了过去，好半天才醒过来。醒来后放声大哭，从早到晚，流泪不止，到后来眼里哭出来的泪竟混着鲜血，把衣襟都染红了。第二天一早，张飞就来到城外的高山上，呆呆地望着荆州的方向，嘴里不停地喊着："二哥呀二哥，俺的好二哥呀！"张飞就这样望着、哭着、叫着，直到太阳落山。一连三天，张飞滴水未进，粒米未尝，无论众将怎么劝解也没用。众将无奈，只好拿酒来劝张飞，希望他喝醉了能暂时减轻一些痛苦。可是没想到张飞喝酒后愤怒异常，指着东吴的方向咬牙切齿，破口大骂；酒醒了又是放声痛哭，泪流不止。众将见张飞如此痛苦悲伤，一个铁打的刚强好汉瘦得变了样，也忍不住难过得落泪。

张飞报仇心切，焦急地等待刘备讨伐东吴的命令，但迟迟不见命令下来，后来才知道刘备因痛惜关羽而患病。张飞心里更是难过，只好忍着愤怒和痛苦耐心等待。又过了一段时间，成都派使者来阆中宣读刘备的诏书，封张飞为车骑将军、西乡侯。原来刘备已在成都登坛即位为大汉皇帝。张飞拜谢受封完毕，设宴招待使者。张飞问使者："俺二哥关羽被东吴杀害，仇深似海，朝中的大臣为什么不奏请俺皇帝哥哥发兵攻打东吴啊？"使者说："朝中大臣大多劝天子先灭魏国，再讨伐吴国。"张飞一听，大怒道："这是什么话！俺和大哥、二哥桃园结义时曾发誓要活在一起，死在一起！现在俺二哥不幸半路上走了，俺哪能自己享受富贵？俺要去面见皇帝哥哥，请求发兵，俺愿为前部先锋，挂孝伐吴，生擒仇人，祭俺的二哥，实践俺的誓言！"

这一天，刘备正在教场操练兵马，准备兴师伐吴，忽然有人报告说张飞来到，刘备急忙叫进来。只见张飞风尘仆仆，神色忧伤，来到刘备面前，先拜倒行礼，然后抱住刘备的腿放声大哭。

刘备抚摸着张飞的背，也痛哭失声。张飞边哭边说："大哥做了皇帝，早把桃园的誓言忘了！二哥的仇为什么还不报？"刘备含泪说："桃园的誓言我哪能忘记？只因为众臣劝阻，所以没有轻易发兵。"张飞抬起头，一双泪眼看着刘备说："别人只知道享富贵，哪里知道过去咱们立下的誓言？大哥要是不去，俺就舍了这一丈身躯，给二哥报仇！要是报不了仇，俺宁愿死也不来见你了！"刘备扶起张飞，握着张飞的手说："三弟，我们一起去！你率部下人马，从阆中出发；我统率精兵从成都出发，在江州会师，共伐东吴，报仇雪恨！"张飞见刘备同意发兵，立刻就要动身回阆中。刘备嘱咐张飞："平时你酒后暴怒，鞭打士卒，这样会招来祸患。今后应该宽容一些，不能再像以前那样。"张飞点点头说："大哥，俺记住了。"拜别刘备，回阆中去了。

张飞回到阆中，立即传令军中：限三天内办好白旗白甲，三军将士挂孝伐吴。第二天，两员末将范疆、张达报告说："白旗白甲，一时难以办好，请将军宽限几天。"张飞大怒，喝道："俺急等着要报仇，恨不得明天就杀到东吴！你们怎么胆敢违抗俺的将令，拖延时间！"命武士把二人绑在树上，张飞手挥皮鞭，每人各打四十鞭。打完了，用手指着二人喝道："到时候一定办好！如果过了期限，俺先杀你们两个示众！"

范疆、张达二人被打得皮开肉绽，口吐鲜血，心里又恨又怕。回到营中，二人就商量怎么办才好。范疆说："今天挨打倒是小事，白旗白甲三天之内无论如何也办不好。张飞性如烈火，到时候办不好，我们肯定都活不成。"张达咬着牙说："等他杀我，不如我杀他！"范疆说："可是我们无法接近他呀。"张达冷笑一声说："咱俩要是不该死，那么今天晚上他就醉在床上；要是咱俩该死，那他就不醉。听天由命吧！"

张飞上午鞭打了范疆、张达，到了下午，就觉得神思恍惚

（指心神不定，精神不集中），行动也觉得和平常不太一样。张飞问帐中的部将说："俺今天心惊肉跳，坐也不是，站也不是，这是怎么回事啊？"众将见张飞神情恍惚，确实异常，急忙安慰说："将军因为过分思念关将军，以致如此。"张飞点点头说："是啊，俺是想俺的二哥啊！"停了一下，对众将说："过了明天，俺就要出兵伐吴，给俺二哥报仇了！今晚咱们在一起痛饮一回吧！"张飞命人把酒取来，和众将同饮，不知不觉喝得大醉。蒙眬之中，张飞仿佛又看到了那桃花盛开的桃园，虎牢关前的战场，古城前的重逢，荆州城里的分别；他的眼前仿佛又出现了二哥关羽那雄伟的身躯、飞扬的神采。张飞忍不住热泪滚滚，自言自语地说："二哥，自从荆州分手，俺快十年没见你了，俺好想你啊！……二哥，你知道吗？大哥现在是大汉皇帝了，大哥已经答应俺发兵伐吴，俺很快就要出兵了。二哥，你放心，俺一定给你报仇，报仇……"张飞的声音越来越低，终于沉沉地睡去。

范疆、张达发现张飞大醉，暗暗庆幸。到了初更时分，二人身藏短刀，悄悄来到张飞帐中，只听张飞鼾声如雷。二人手握短刀，慢慢摸到床前，忽然发现张飞两眼圆睁，吓得二人趴倒在地。没想到张飞鼾声又起，二人才知道张飞睡觉不合眼。二人捡起吓掉的短刀，一咬牙一起扑上去，狠狠地把刀插进张飞腹中。张飞大叫一声，猛地坐起，怒视着两个凶手。他多么想再站起来啊，因为二哥的仇还没有报，天下还没有太平……但终于，他倒下了！他倒下的时候，才五十五岁。

张飞死了！他没有死在战场，却死在醉卧的床上，却死在自己鞭打过的部将手中！他带着未了的心愿、未完的事业、耿耿的遗恨，离开了他可亲的大哥、可敬的军师、英勇的赵云、骁勇的马超、老英雄黄忠、患难与共的十八燕骑；还有那支丈八蛇矛、那匹载他奔驰万里的黑色烈马！

张飞

风云三国进阶攻略

张飞的性格

无论是在正史《三国志》或是在罗贯中的章回小说《三国演义》中，张飞的形象与性格虽然不及关羽、曹操和诸葛亮等人那样鲜明清晰，但从人物形象塑造的角度来看，他却可以算是其中唯一一个性格具有明显发展与变化的人了。

▲ 张飞柏

张飞的个性并不复杂，他豪迈直爽、鲁莽急躁，这是大部分人对他的评价。没错！其实这样的看法也与他真实的性格相去不远，但似乎还少了些细腻的观察。在刘备、关羽、张飞三人中，张飞年少位次，却是首倡桃园结义一事的人，并且出钱又出力，其好结交天下豪杰与爽直慷慨的性格，由此初见。接着在桃园结义之后，这样的个性还是不变：一是在途中遇到卢植遭诬陷被逮，张飞听完卢植的申述后，气得要斩护送的兵士以救卢植，后被刘备加以制止；二是三人救了被黄巾军追杀的董卓，但董卓听说三人皆是白身无官职，便以倨傲无礼的态度相待，气得张飞要提刀入帐杀董卓，幸好及时被刘备、关羽制止，才未酿成大祸；三是怒鞭督邮。这三处的描写都渲染了张飞性格的主调——心口如一、豪爽憨直有余，却也好酒、暴躁，没有自制力。

但是张飞的性格却不是一成不变的，他在长期的政治动乱与

戎马生涯中，受到敌我双方的各种启发与教训，也变得聪明细心了起来。张飞破天荒第一次用计是在生擒刘岱时，从此张飞不再只是一个有勇无谋的莽将，在与敌军交战中，经常用计，虽然莽将设谋绝不同于军事家用计，但仍多能取胜。后来，张飞愈来愈能得心应手地运用计谋，如："义释严颜""三败张郃"，都是他成功用计的结果，这也代表张飞的性格有了重大的发展，变得粗中有细了。但事实上，这样的转变并非整个性格的彻底改变，从头到尾贯穿他一生的仍是威猛、鲁莽的一面，这样的缺陷导致他加速走向生命的终点，也可说是张飞性格上的悲剧。无论如何，与诸葛亮、曹操等人的形象相比，张飞的性格的确是有明显的发展变化的，在三国人物中，可以算是独一无二，其人、其形象也因此更具特殊的意义。

关于张飞的歇后语

中国民间流传的歇后语，有许多都与《三国演义》中的人物有关，这其中当然少不了对猛张飞的描述。比如：

张飞吃豆芽——小菜一碟

张飞穿针——粗中有细；有劲没处使

张飞拿耗子——大眼瞪小眼

张飞讨债——气势汹汹

张飞烧火——猛灶

张飞卖刺猬——人强货扎手

这些歇后语不论是从外貌还是性格，都力图突出张飞的威猛。但有一条却与众不同，叫张飞穿针——粗中有细，又向我们展现了猛张飞的另一面。

张飞的丈八蛇矛

所谓"工欲善其事，必先利其器"，若张飞少了丈八蛇矛这样的神兵利器，就像是猛虎没了利齿、飞龙少了翅膀一样，往往无法成就其厉害。提到蛇矛，就不得不提到矛的由来。矛的使用最初是在周代或周代以前，历史甚为悠久。矛为兵刃中最长之物，张飞的这支长矛，全用镔铁点钢打造，矛杆长一丈，矛尖长八寸，刃开双锋，作游蛇形状，因此有丈八蛇矛之称；所谓丈八，大约相当于今日的二百三十厘米长，以张飞八尺长的身高，使来可算得心应手。

张飞使矛也是于史有据的，《三国志·张飞传》记载，公元208 年，曹操南下，追击到当阳县（今当阳市）长坂坡，当时张飞"将二十骑拒后。飞据水断桥，瞋目横矛曰：'身是张翼德也，可来共绝死！'敌皆无敢近者，故遂得免"。张飞的"丈八蛇矛"与关羽的"青龙偃月刀"不同之处，即在于"丈八蛇矛"可是于史有据的兵器呢！

有了这样无敌的武器，再加上张飞本身神勇的性格，敌人自然不敢轻易接近，无怪张飞成为北方谋士程昱、董昭等人所知的"万人敌"；即使是跟随刘备寄居曹操之处时，张飞依然因为功绩显赫而被拜为中郎将，让时人与后人钦佩不已。

长坂桥与长坂坡

看完了这本书之后，相信你一定不会忘记"张翼德长坂退曹，赵子龙单骑救主"那一幕惊心动魄的场景吧！张飞一人一骑立于长坂桥上，仿佛一把大铁锁一样封住任何人过桥的去路，并将满腔的烈火化作一声巨吼，令曹军惊恐而退，真是勇者无惧的表现。

其实这座千古留名的长坂桥并不太长，桥面是用各色杂木拼合而成，因为常年的马踏车碾，原先涂上的油漆早已剥落殆尽；原址就在今天湖北省当阳火车站附近，只可惜昔日的长坂桥现在已没入水库。现在的水库畔特别立有碑亭，刻字"张翼德横矛处"，以兹纪念。

关于长坂桥还有一个很有意思的笑话：

话说当年，张飞和曹操在长坂桥叫阵，两人遥遥相对，只能用手比画。曹操伸出两指，张飞伸一掌；曹操伸五指，张飞伸两手十指；曹操拍自己的肚子一下，张飞就拍自己的屁股一下，曹操愤而退回军营，大骂："人家说张飞是个粗人，不料他嘴舌如此恶毒。"一旁人问怎么回事，曹操说："我说我有二十万大军，他说在此无法前进；我说我能增兵为五十万，他说他能调来一百万人马；我说我腹中能出奇招制胜，他说那根本不值一屁。"

而张飞回营后，却哈哈大笑说："人家说曹操老谋深算，没料到人挺风趣的。"旁人也问怎么回事，张飞说："他说他今天早餐吃了油条，我说我早餐吃了烧饼；他说他一顿可吃五套，我说我至少要十套才饱；他说吃太多肚子痛怎么办？我说没关系，放个屁就不痛了。"

另外，就在长坂桥的附近还有一个和长坂桥齐名的地方——

长坂坡（今湖北当阳城西）。长坂坡古名栎林长坂，原来是一片斜坡高地，生长着茂密的森林。据传，《三国演义》《三国志》所记载赵云、张飞大战曹操部将的故事就发生在这里。"赵子龙单骑救阿斗"这个家喻户晓、妇孺皆知的故事，不但使赵云被后人赞颂为"盖世英雄"，更让长坂坡成为著名的三国古战场遗迹之一。

明万历十年（公元1582年），史官确认长坂坡为赵子龙单骑救主的古战场，并在坡前立起一块"长坂雄风"的石碑。抗战期间，此碑被日军掠走，现在的石碑为1945年的复制品，和赵子龙跃马挺枪的雕像一同立在长坂公园内。

▲ 长坂坡纪念

张飞"唐留姓，宋留名"的历史来源

张飞死后，民间一直有"唐留姓，宋留名"的说法，这是什么意思呢？

"唐留姓"指的是张巡。唐朝安史之乱时期，叛军三十万进攻睢阳，遭到睢阳守军张巡的顽强抵抗。他们以微弱的兵力抗击叛军近一年，城中人口饿死大半，最后城破，张巡和手下三十六人全部殉难。后来人们把这位英雄看作是张飞的化身，因为他也姓张，所以说是张飞的"唐留姓"。

"宋留名"是指南宋抗金名将岳飞，他的名字是"飞"，和张飞相同，所以说是"宋留名"。

张巡和岳飞都是忠义凛然、为国为民的英雄。这种留名留姓的说法，寄托了民众对英雄的怀念和赞美。

▲ 湖北宜昌张飞擂鼓台

关于张飞的传说

儒雅的张飞

你可别以为《三国演义》中的张飞是屠夫出身，就认定他是个粗俗的乡巴佬儿！张飞不仅雄壮威猛、武艺高强，而且还风雅得很呢！根据民间流传，张飞是个颇有几分书卷气的"儒将"，对书画都有几分研究，而且还挺在行的。在民间传说中，有不少关于他会书法的故事。有关张飞擅书法的记载，最早见于南朝梁陶弘景的《刀剑录》。他写道："张飞初拜新亭侯，自命匠炼赤珠山铁，为一刀。铭曰：新亭侯，蜀大将也。"有人认为，这个"新亭

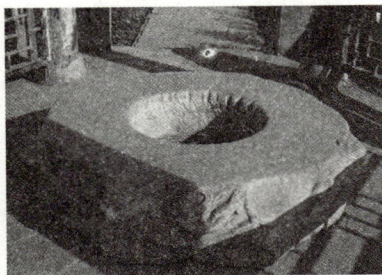

▲ 中北涿州张飞古井

侯刀铭"便是张飞自己写下的。四川渠县也有一个传说：当年张飞大败张郃，趁着酒醉，以他的丈八蛇矛题壁，留下了著名的"张飞立马铭"："汉将军飞，率精卒万人，大破贼首张郃于八蒙，立马勒铭。"关于这段铭文，不只在明代著名学者陈继儒的《太平清话》中有记载，清光绪年间还有拓本传世。另外，据明朝杨慎《丹铅总录》的说法，涪陵还有一个"张飞刁斗铭"呢！看来，张将军擅书法之说，并非只是空穴来风而已哟！

张飞审锅

还记得在"识荐凤雏"中，张飞看完庞统审案后，大表佩服的模样吗？

其实，张飞的聪明与细心，说不定还不亚于庞统呢！看完下面这则故事，你会更确信张飞可不只是一个会打仗的武将而已哟！

相传张飞路经古城县，一怒之下夺了县印，自己当起了县官。

一天，县衙里来了两个告状的，张飞急忙升堂问案。

张飞一看，只见两人，一个是卖锅的商人，另一个则缺了胳膊断了腿。张飞便问："你们二人，状告何人？"

卖锅的商人指着那残疾人说："大老爷，我要告的就是他。我俩住在同一家客店的同一个房间，这些天来，我早晨一起来，就发现我的锅少了。房里只有我们两人，没有别人了，因此我怀疑是他偷的。"

张飞听了后，又问那残疾人说："你有什么话说？"

那残疾人回答："大老爷啊，我也要告他，我这个胳膊和腿

都断了的人，哪还能去偷他的锅呢？所以我要告他诬赖好人之罪，请大老爷明察。"张飞听了两人的陈述想道：乍听之下，这两人说得都有理，一个锅被偷是事实；但另一个缺胳膊断腿的，走路都困难，怎能偷锅？他细细看了两人的神色，猛地对卖锅的商人大声喝道："人家一个残疾人，走路还要拄拐杖，怎能偷锅？你分明是诬赖好人。来人啊！给我拿下去听候发落！"

等衙役们把卖锅人拉到后堂，张飞就对那残疾人说："你受委屈了，这些锅就全部赏给你吧！"残疾人一听，连忙叩谢了大老爷的恩典，接着熟练地把拐杖夹在腋下，弯腰拿起一个锅往头上一顶，转身准备往外走。

这时张飞突然怒道："大胆刁民，竟敢在我张飞面前耍花招儿，快给我老实招来！"那假装自己残疾的人一见事情败露，只好从实招认了。

从此，古城一带的百姓都赞美道："张飞真是个粗中有细的人啊！"

假如你是张飞

1 在桃园结义之后，你是否愿意舍弃财产，同刘备、关羽一起去打天下？

2 在义兄刘备被督邮欺辱时，你是否敢鞭打这位朝廷命官？

3 在吕布成为刘备的朋友后，你是否还会因为看不起吕布的为人，而处处和他过不去？

4 你觉得两军交战，"智"与"武"哪个更重要？

5 在历尽艰辛擒获严颜后，你是否还会释放他？